獻給

先父張公迺儒先生百歲冥誕

宗教研究叢書 13

宗教研究：論文寫作與實務

張家麟 著

台灣宗教與社會協會

蘭臺出版社

推薦序─深入淺出的研究方法論

好友張家麟教授為了有助於研究所學生，特別將宗教研究的方法，以及主要的宗教學理論的特徵，用淺顯易懂的論述付諸著作並付梓上市。

本書不僅基於張教授長年積累的宗教研究，其論點更是具相當的說服力；而且透過此書，亦可理解目前宗教學面臨的各種問題和課題。就此意義而言，本書不只對學生，亦是關心宗教的讀者，乃至宗教研究家，在宗教學研究的進程中，相當出類拔萃的宗教學入門文獻！

誠如張教授於本書中的具體論述一般，宗教研究具有各種方法論的視野。這些完全是為了從不同且多樣性觀點進行理解而提示的方法。究竟該如何理解宗教的問題，本質上這也是為了探究「人類到底因何而生」的根源性問題。

宗教研究從方法論上可看出其多樣性，然而所有宗教研究家追求的目標，一言以蔽之，不外是力求理解宗教的意義。

世界的宗教學界，特別是 1990 年以降，一路重新檢討以往的宗教學概念性架構，在這樣的狀況下，我必須說，這本書的出版顯然更是意義非凡。美國芝加哥大學教授，宗教學者喬納森・Z・史密斯（Jonathan Z. Smith）說過，「宗教的論據（data）並不存在，所謂宗教，不過是研究者的研究產物而已。」

如同史密斯批判性的指摘一般，一直以來的宗教學研究，在宗教「比較」手法的操作下，傾向於將「宗教的論據」與具體性宗教

文化的脈絡切離而進行理解。　但是，宗教有宗教傳統的脈絡定位，其意涵不可不理解。

　　誠如眾所周知，張教授至今不僅將視野融入宗教研究理論性的拓展，並試圖將台灣具體的宗教定位於宗教文化的脈絡，以此理解宗教的意義。張教授這樣的研究模式，堪稱為時代先驅。

　　現代宗教學的動向中，本書的出版，可謂是相當符合時宜。期待這本書為今後現代宗教學的推展帶來莫大貢獻。同樣身為宗教研究者一員的我，衷心為這本書的出版致賀！（高佳芳譯）

天理大學宗教學名譽教授　澤井義次

推薦序—博古通今的方法思維

　　每一位從事人文社會科學研究的學者，無不深知研究方法對於取得科研成果的至關重要。研究方法是要在研究實踐中學習掌握的。對於剛剛踏上科學研究道路的研究生來說，研究方法是一門亟待修習的技藝。能夠在自己學術道路的起步階段，就有機會讀到張家麟教授的這部研究方法論著作，可謂一件幸事。

　　同為宗教學領域的研究者，張教授是我非常敬佩的一位傑出學者。在多次共同參加學術會議及互訪講學交流中，我對他廣博的學術視野和豐碩的研究成果有所瞭解。這次有幸先讀到這部研究方法書稿，有幾點深有感觸。

　　首先是方法論內容的豐富與全面。從如何選擇研究主題，到如何安排論文章節；從收集資料的文獻法、社會調查法，到整理資料的比較研究和歸納演繹；從書寫論文的描述法和推論法，到如何製作圖表。

　　其次是關於方法的理論與實踐相結合。書中對宗教學研究方法的講述都來自作者自己的親身教學經驗，還包含了一些調研和訪談實例，因此，這些方法論具有很強的實用性和可操作性。

　　比如對幾種深度訪談方法——焦點團體法、專家會議法、德費法進行了具體解釋，強調應該重視訪談問題的設計，應該在對研究主題的來源和發展的深入認識基礎上設計訪談問題，每個主題可規劃 3-6 個深度訪談問題，還具體列出了作者帶領研究生以「代天宮鸞務宗教經驗」為主題舉行的焦點團體訪談的 12 個問題。

　　此外，本書的結構模式也符合教學實踐的特點：在每一節方法

論概述之後，都附有核心概念解釋和功課問題。

　　最後，專門設立一章，對與宗教研究有關的五個方法論流派的代表人物的觀點進行了簡要概括，涵蓋古今中外，總結相當精闢。這些方法論不僅對宗教學研究生，而且對整個人文社會科學領域的研究生，都有普遍的指導意義和參考價值。

　　科學研究需要恆久的興趣與熱情，更需要勤於動筆持續訓練。任何技能都是要在不斷實踐中逐漸體會的。這本書中講到的方法論對於初學者來說，未必能夠一下子完全領會，但在以後的論文寫作中經常回頭看看，會有更多受益。

　　因此，對於學習研究和寫作學術論文的學生來說，這本書也是一本值得常備的工具書。

北京大學哲學系宗教學系教授　徐鳳林

自序—方法論的巧門

　　我為研究生書寫《宗教研究：論文寫作與實務》一書，自己問「作研究有巧門嗎？」自己回答，這是個大哉問，當然有巧門！

　　此門在於：研究者在懂「理論」、「資料」及「方法」外，尚須對現象有研究的「視野、思維與想像」。讓彼此之間產生連結，再加上努力、執著於研究過程，就可能對既存的現象，作出合理的探索及解讀，甚至能對未來的行為作出估計。

　　「理論」是指前輩學者的知識積累，它常可以指引我們後輩研究生研究已經走到哪裡了。至於能否用它來解釋既有的現象，是不是此理論仍然隱含著「瑕疵」，皆值得研究時反思或挑戰。

　　「資料」則是指社會現象的真實反映，研究者須謹慎將之轉化成為文字、數字、圖像、影音。在作研究當下，依據理論或概念群、假設、研究架構的指引下，在圖書館摘選資料；或走入社會人群中，篩選、測量、採集與研究主題相關的資料。

　　由此看來，理論與資料之間產生了勾連，對後實證主義的研究者而言，這是非常重要的巧門。反之，研究者欲進行「探索型」的研究時，他可能必須暫時擱置理論，海闊天空在「大膽假設、小心求證」，自己發現新事件，證實資料間的關聯，創造新的理論。如能作到這個階段，已經屬於高階的研究。

　　在我看來，「方法」是通羅馬學術殿堂的大路，只要努力、找到主題、有資料，皆可作出好研究。只是有些人走錯路，蜿蜒曲折作研究，耗盡青春，才得到些許成果。有的人走捷徑，方法運用得當，研究作出好成績。

　　兩者的關鍵差別，在於研究方法及思維的「有、無」，「對、錯」。「有、用對」的方法者，可以避免走冤枉路，魚躍龍門，登學術殿堂。「無、用錯」的方法者，只能土法煉鋼，慢慢煎熬，少數幸運者，或許能成；大半不幸者，皆半途而廢。

　　「研究方法」又分兩層次：微視者指「問題的提出」、「資料的收集」、「資料的分析」、「資料的綜整」及「資料的書寫」等「方法」（method）。鉅視者指研究者的「思維」、「視野」、「想像」及對人世間複雜現象的「洞察」，所建立的整套「方法論」（methodology）。

　　從過去到現在，中、外學術界建構出的方法論，涵蓋對自然科學、社會科學及人文學，三個類型的「知識建構論」與「思維方法論」。又可以分為「詮釋主義」、「批判主義」、「辯證主義」、「實證主義」、「後實證主義」、「實存主義」等研究思維。

　　其中，「詮釋主義」、「批判主義」、「辯證主義」等三項思維，常被人文學者廣泛使用，社會科學家也會運用它們作研究。「實證主義」、「後實證主義」、「實存主義」等研究思維，則被自然科學家及社會科學家借用，人文學者則幾乎擱置不用。

　　在本小書中暫時不列實存主義，因為它需要多學科、跨學科的科技整合知識，作綜合、人文、社會、自然科學的大領域研究，不太適合入門的研究生採行。

　　另外，本書多臚列了「反思主義」的研究思維，這是過去方法論的著作中未曾提及的概念。最主要的原因是，筆者主觀認為這類型的方法論學者，都具有兼容並蓄的視野，進而提出自己的獨到的方法論思維。

　　最後，談談本書內容：計分「如何提出問題」、「如何收集資料」、「如何分析與綜整資料」、「如何書寫資料」、「方法論學者的啟發」等五章，每章各有十餘篇短文。

　　建議讀者、研究生可以依順序閱讀下來，也可以各章節獨立，挑選自己適合的子題研讀。兩種路徑，都不妨礙您對本書在方法論思維的理解。

　　過去，我攻讀碩士學位時，曾苦無研究方法，作研究常陷入不知如何進行的窘境。現在，我設身處地為剛入研究窄門的碩、博生設想。再也不能只靠「學思並行」、「博學、審問、慎思、明辨、篤行」、「眼到、口到、心到、手到」等傳統方法思維。而是得學習近、現代的人文學、社會科學、自然科學的「科學哲學方法論」，從中得到啟發。

　　原本作研究，過程相當艱辛且無聊；有了方法論，就容得到甘甜的研究果實。希望本小書能引導研究生，由苦轉樂；快樂投入研究行列，未來成為科學社群（scientific community）中的秀異份子（elites）。

　　果能如此，誰說研究沒有巧門？

　　　　　真理大學教授
　　　　　台北市政府市政顧問
　　　　　台灣宗教與社會協會理事長　張家麟

►目 次

Chapter1　如何提出問題

1-1 引子

1-1-1 研究是一項志業

　　研究生初入門，常問老師如何作「研究」？也搞不清楚「研究」的內涵是什麼？更別說研究生的志業了？

　　我常回答，就心智來說，無論是人文或社會科學、自然科學家，只要走上研究的路，將是青燈為伴的孤獨工作，但也是滿足心智的快樂活動。用韋伯的話來說，他將「以學術為志業」，作「以腦力勞動為志業」（Geistige Arbeit als Beruf）的工作。用孔恩的說法，他們是人類社會極少數的科學社群（scientific community），一般人習以為常的事，其內心卻抱持著「懷疑」、「好奇」，想追根究底建構新的典範（paradigm）。他們是飽讀理論，又不見得滿足它們的懷疑主義者，精緻的實證主義科學家。

　　就研究過程的態度上來看，他須冷眼觀察，主觀互證（intersubjectivity）的記錄人群行為，不摻雜個人的價值判斷（value judgement），詳實的保存、收集真實世界（real world）的現象，將之轉化為資料。並以客觀、敏銳的心情，將它比對既有的研究成果，從中尋找出新意義。

　　就基礎能力來說，他須運用直覺或過去的知識，將龐雜的資料分類（classification）、系統化（system），再作合理的理解（verstehen）及詮釋（hermeneutic）。然而，這是極高難度工作，沒有幾分的天賦、毅力，及探索學術、真理的熱情，將難有成果。

　　再就目標而言，他既是「科學」的工作者，也是「真理」的追求者。他一輩子在複雜的世界、人類龐雜的行動、個人或團體多元

的現象中解謎（puzzles solving）。因此，他孜孜不倦、念茲在茲地投入尋找（search）、探索（explore）、發現（discovery）科學知識及人類的真理。

當然，如果欲知「研究」的意涵，必須從「research」的英文字彙來理解。它是由 re 及 search 兩個概念連結，有「再一次」去「尋找」的意味。關鍵的問題是，研究生要再尋找什麼？一般言，研究者就須再一次尋找新事實（facts）、新通則（generalization）、新法則（law）及新理論（theory）。或是對舊事實、舊法則、舊理論再一次尋找它們的瑕疵，建立「新典範」！

先看事實，它是指見前人所未見的「新材料」，或是對「舊事實」再尋找出新意義。我們不能小看這兩件事，有時候要突破它，得靠機會、靈光及鍥而不捨的毅力，甚至得借助工具。例如：在沒有顯微鏡、望眼鏡的年代，巴斯德、伽利略就無法觀察細菌、天體的運行。同樣的，沒有基因分析儀、海底潛水攝影機，我們也難以解開人類基因鎖鏈、發現深海新物種。自然科學研究者依賴工具，幫助他們對自然界的探索，社會科學家何嘗不是如此？研究者對人類的個體、團體行為的觀察及測量（measure），必須依賴具有效度的量尺（scale），才能探索到人類的外顯或內在行為的核心真實現象。

再看通則、法則及理論，它們三者皆是研究者夢寐以求想要建構的知識。三者形式相同，解釋力寬廣不一。只要是科學的通則、法則及理論，都具有兩個以上相關聯的「變數」，闡述彼此間的因果關係（causal relation）。通則大都由個案所建立，少數幾個個案則可建構法則。至於理論，它由多個案建立。因此，通則解釋力低

於法則，法則低於理論。找出通則後，常是更高層次的法則的「假設」。法則，也常是具普遍解釋力的理論的「假設」。

由此看來，我們不能小覷研究者的工作，他們的「知識就是力量」，是探索奧秘的科學工作者，也是承擔使命的傳統儒生。他們具有發現、探索及建構知識的能力，及解決困境、預估未來人類及世界發展方式的強大影響力。

◯ 概念澄清

1. **科學社群**（scientific community）：研究在全球人類 60 幾億人口中，只有極少數的科學家投入此工作。他們運用可以檢證的方法、程序，對自然與人文、社會現象尋找通則或理論，並將研究成果以彼此約定成俗的文字、數字、符號表現。這些人在研究上擁有共同的思維、方法、目標，對人類的知識積累貢獻甚大。

2. **主觀互證**（inter subjectivity）：政治科學家 Alan C. Isaak《政治學範圍及其方法》曾指出，科學家的工作並非絕對客觀，而是彼此間的「主觀互證」過程。無論從研究主題、方法、資料收集、資料推論或論文書寫方式的選擇，都由研究者自己的主觀直覺而判定。但是，它必須吻合科學社群所建構的基本規則，也接受科學社群的批判或挑戰。

3. **真實世界**（real world）：研究者生活在真實世界與理論世界中，前者是指對具體存在的自然界、人文界及社會界的活動、現象或行為作觀察記錄。以眼見為憑作為判準，它對所處的現象界中，無論是外在或內在的行為，依所見、所聞、所感受作為「事實」。由諸多事實構成真實世界，研究者將之轉化為抽象的理論世界資料、概念、

假設或理論。

4. **分類**（classification）：在科學建構過程，須有效的處理龐雜的資料，科學家乃運用抽象的概念當作判準，將鬆散、分散的各項資料，有系統的「分門別類」，將它們建構各種類型。亞理斯多德最早用它整理亞力山大帝送給他的珍禽異獸，後來生物學將之細膩化為域、界、門、綱、目、科、屬、種。社會科學各學門也受生物學的分類影響，各自對自己學科或研究內容，作各種資料的類別建構。

5. **詮釋學**（hermeneutics）：分為西方詮釋學與中國詮釋學兩類，研究者最早對經典中的文字、語詞、句子、篇章或整本經書作解釋後，轉化為對真實世界的現象作解讀。例如胡塞爾主張詮釋現象時，須回到「物自身」，從現象本身來理解它的本質、特徵或意涵。韋伯則主張將現象放在「時間」與「空間」兩個脈絡來解讀，和胡塞爾的主張就有明顯的區別。

6. **測量**（measure）：自然科學研究常運用各種工具衡量被研究對象，設計有效的量尺，將研究對象展現的現象、行為與活動，以「數字」呈現。社會科學受此影響，也設計各種問卷當作量尺，來衡量人的IQ、EQ、憂鬱指數、經濟景氣指數、幸福指數、政治認同度、宗教態度或各種滿意度。此時，問卷就是研究者的測量工具。

7. **中國的詮釋學**（Chinese hermeneutics）：傅偉勳對經典詮釋分為實謂、意謂、蘊謂、當謂及創謂等五個層次。實謂是指原始的字義、詞義、句義、詩義的理解；意謂則是指字義、詞義、句義、詩義的多種意涵；蘊謂是指多個研究者對意涵的引申解讀；當謂則是指研究者在比較多個研究者的註解、解讀之後作的判定；創謂是指研究者對整體看法的洞見（insight）。

＊ 功課

　　1. 研究的志業是什麼？

　　2. 研究工作的特質或意涵？

　　3. 主觀互證如何運用？

　　4. 如何設計研究測量工具？

1-1-2 研究主題如何選擇

　　研究生作研究苦惱的問題之一是，找不到研究問題。

　　因此，他經常會問指導教授：「老師，如何搜尋研究主題？」我則回應，天地之間，俯仰之際，無處沒有主題（topic）。端視你是否善用敏銳的直覺，細膩的觀察，看見那些宗教行為（behavior）？或是能夠將學到的理論與觀察到的現象（phenomena）對談？就可以從中抽離出有意義的研究主題。

　　由於繆勒創立「宗教學」，認定它是一門科學後，宗教研究就常歸屬在社會科學的研究範疇。因此，它深受當代社會科學中的行為科學研究或行為主義（behaviorism）的影響，聚焦於人類的「行為」面向。無論是比較古老的宗教人類學、宗教社會學、宗教心理學、宗教史學，或是較新穎的宗教法學、宗教政治學、宗教管理學、宗教經濟學等領域的研究者，皆選擇「具體、可觀察、可感受、客觀」的宗教行為作為研究對象，以價值中立（value free）的態度作研究。他們幾乎與傳統的神學切割，也反對作具主觀價值判斷（value judgement）的道德學術研究。

　　參透這個道理，要選擇宗教研究主題就容易多了。一般成熟、資深的研究者，常教導研究生選擇「小題」，較容易深入研究。此

概念固然正確，但是，得判定小題的資料多或寡。有時，小題資料多，足以寫出幾萬字～10幾萬字的「大篇幅」論文。然而，有時，小題的資料有限，只能寫出幾千字～萬餘字的「小篇章」論文。因此，需要指導前，就要理解資料取得的可能性。至於，什麼樣的小題，適合書寫學位論文？我認為應該給研究生幾個思考的面向，讓他們快速進入研究的領域。而非叫研究生自己去「體悟」！

首先，可以思考將「研究主題」與「個案研究」連結，形同主題是一範圍「大」的理論假設（theoretical hypothesis），而以個案研究限縮、確認與檢驗此主題論述。

當然，用此方式訂研究主題，也不能隨便挑選一個案，而是要合理連結主題與個案的可能性。簡單來說，要閱讀諸多理論後，慎選合適的理論作為主題，再觀察真實社會中的宗教現象，與主題連結。

其次，可以思考在主題前、後，分別加上地區、時間的限制。例如，以「當代華人民間宗教變遷」為主題，可在前面加上「台灣」、「大陸」等區域，就窄化了研究範圍。同樣的，也可在主題後面加上「時間」，藉以限制主題的研究範疇。但是，作此時間期程限制時，必須理解是要作傳統「宗教史學」，或是跨時空的「宗教社會學」研究。前者，是處理歷史縱軸的宗教現象；後者，是作因果關聯的宗教、社會現象研究。兩者的研究面向、目的，差異頗大。

再者，可以指導研究生挑選語辭（term）抽象層次較低的概念（concept），取代抽象層次高的概念。以宗教為例，它的抽象層次高於神、儀式、教主、思想、組織、神職、信徒、神殿。再以神為例，它的抽象層次高於功國偉人、器物、經典小說、自然、祖先等神明。

當然，最小的範疇應該是「單一神譜」的研究。

　　最後，可以思考在研究對象加入合適的概念或概念群，用它或它們限制研究主題。例如，欲研究「二次戰後台灣地區的長老教會」，或許加上「政教關係」，整個主題就顯得精彩、活潑。同樣的，也可以加上「變遷」、「在地化」、「全球化」、「女性主義」、「社會運動」、「宣教模式」等概念，都可以「活化」本主題。由此觀之，挑選研究主題難度並不高，比較難的是，當此主題已有前人研究時，除了割捨外，也可思考「老歌新唱」、「舊瓶裝新酒」，換個角度重新思考此主題研究的可行性。

　　因此，研究生可以依據上述巧門挑選主題。不止於此，他尚且須要作文獻閱讀（reading）、思考（thinking）、現場觀察（observing）等三件功課，讓自己訂定的研究主題顯得「更有意義」、「更令人期待」！

◯ 概念澄清

1. 行為主義（behaviorism）：以人類行為為研究對象，20 世紀初源自心理學，後被社會科學的政治學、經濟學、人類學、社會學所引用。主張用自然科學、量化研究法，研究過程需要價值中立，客觀描述、記錄研究對象的個體或群體行為，並將之系統化，找出因果關連，建構通則、法則或理論。反對「靜態」的法規、制度研究，主張「動態」的行為趨勢、模型建構。在它之後，出現了「後行為主義」的反撲，認為研究者要具理想性，承擔社會、政治、經濟、文化等困境，並作出警告性的研究。

2. 價值中立（value free）：本為自然科學研究的基本立場，它現在被

引用到社會科學或宗教學。研究者秉持客觀第三者的態度，對研究
對象不持好惡、善惡、美醜、好壞等道德性的價值判斷。純粹將社
會現象中的「黑暗面」、「陽光面」作真實的描述，而非根據研究
者的主觀作取捨，或任意加油添醋的敘述。

3. **理論假設**（theoretical hypothesis）：研究者為了精進既有的理論，建
立接近真理的知識，可以把理論當作「假設」，運用各種個案挑戰它。
當理論假設被證實時，此理論更為堅實。反之，理論假設被推翻時，
此理論就必須修正；或造成新理論的出現，舊理論的位移。中古歐
洲曾以換血當作主要治療方式，此理論療法被當代醫學拋棄，認為
應該根據病人的狀態給與合理的治療。

＊功課
1. 如何選擇研究主題？
2. 宗教行為的範疇與主題有何關係？
3. 宗教學與科學研究本質的關連？
4. 如何將既有理論轉化為假設？
5. 如何窄化研究主題？

1-1-3 從質疑中出發

宗教研究者沒有質疑（inquiry）能力，就無法作研究。

他像個好奇者，隨時抱持質疑的能力及態度，挑戰既有的宗教
理論，質疑、詢問宗教現象（phenomena）。在此過程，就容易選
擇適合的宗教研究問題。

一般研究生很少質疑宗教學理論，反而在學習它後，就容易接
受，全盤引用它的論述到自己的研究中。很少挑戰它，也不知道它

可能隱藏部分的研究問題或瑕疵。最主要的原因在於宗教學如同其他的社會科學學科，具「理論的侷限」的特質。它不像自然科學的理論，容易放諸四海而皆準；反而容易出現理論並陳、競逐，多元典範（plural paradigm）並存的現象。

自從卡爾巴伯（Karl Raimund Popper）洞悉人類建構的知識，存在「理論易誤」的特質。後實證主義（post positivism）論者的思維，告訴我們現存的知識，皆可能有瑕疵。我們唯有在不斷精進、挑戰它的過程，才能使知識趨於完美。

因此，我們常發現西方宗教學者建構理論，來解釋西方宗教現象，不一定能解讀東方宗教。像解釋「巫」的論述，不能解讀「理性、非巫」的儒教。如果我們硬將西方基督宗教理論，套到華人民間宗教身上，既讓我們的學術淪為西方理論的「殖民地」，也失去東方研究者的主體性，更失去建構合理東方宗教學理論的機會，更遑論對全球宗教學理論作出貢獻。

從此觀點，既存的宗教學理論，都可能有其限度。或許我們可以從中發展出來研究的問題，建構研究假設。最簡單的操作是，對理論提出質疑（inquiry），在觀察宗教現象後，假想理論不夠完美，在後面打個問號，就可展開我們的研究。另一種狀況是，多個、不同理論解釋同一類宗教現象。此時，理論彼此間出現衝突、矛盾的論述，這也隱含了問題。研究者在閱讀過程中，比較綜觀後再次質疑，尋找、提出值得研究的問題。例如，過去日據時代至今，不少宗教學者提出「祭祀圈理論」、「後祭祀圈理論」及「宗教組織發展論」。分別用它們來解釋台灣地區的宗教祭祀、慶典、修廟等活動，論述它們在地區內的經濟、社會、人力基礎。這三者各有解釋

力，但也有其時、空背景因素，不可能完全適用解讀當代台灣社會的宗教活動。

論到這裡，就可以知道，閱讀既存的宗教學理論的重要性，研究生在廣泛熟讀、理解之後，要抱持懷疑的思維。不但不能全盤接受，而且要在「無疑處再思考」，「有疑處能提問」、「矛盾處找個案對比」。果真如此，就有提宗教研究問題的可能性。除了質疑理論可提出新問題外，研究生尚得觀察宗教現象，那裡也可能出現「重要的」宗教研究問題！

做宗教研究，固然可以學涂爾幹（Émile Durkheim），秀才不出門，能知天下事，只待在圖書館就可寫出宗教社會學鉅作。但是，這種人才，少之又少，非你我之輩能及。反而，我們該學西方的泰勒、達爾文，東方的孔子、司馬遷、顧炎武，讀萬卷書之餘，行萬里路。研究生要深入宗教活動現場，運用敏銳的觀察力或是直覺力，對過去到現在的宗教現象提出質疑。

當一般人只愛「看熱鬧」的宗教活動，研究生則需在人群中，用冷靜的腦看熱鬧背後「門道」。以質疑宗教現象的角度，從中篩選「問題群」或「疑難點」。研究生要常提問：為何宗教活動會如此？它的起源在那裡？有那些形成因素？為何會有此宗教形式？影響它興或衰的原因又是什麼？它帶給宗教、個體、社會、國家、族群、人類的效應又是什麼？

優秀的研究生應該體認，人類的宗教現象早已存在數千上萬年，沒有質疑，不會有研究問題，也就無法從研究中尋找解釋它已存在的法則。因此，唯靠研究生在宗教現場觀察、質疑，才能尋找出研究問題。因為，研究問題早已存在於現象中，等待我們挖掘出來！

○ 概念澄清

1. **多元典範**（plural paradigm）：孔恩從自然科學史的研究，創造典範的概念，被學界大量引用。在自然科學中大部分存在「單一典範」，舊典範很難與新典範並存，而出現典範位移的現象。相反的，在人文學或社會科學中，卻很少出現單一典範。從過去到現在，新理論常無法取代舊理論的情況下，呈現新、舊理論相互競爭，各自存在的「多元典範」局面。

2. **理論局限**（theoretical limitations）：自然科學所創造的理論，常具有「放諸四海而皆準」的解釋力，理論解釋功能龐大；反之，社會科學建構的理論，只能對部分的文化、區域、族群具有解釋能力，超越此就失去解釋力，此狀況稱之為「理論局限」。前者，研究「自然界」的法則，後者則從「人類社會界」行為中，建構法則。前者變因較易掌控，後者變因相對複雜，決定了理論限度的低與高。

3. **巫與覡**（witch & wizard）：在中國文化中，分為男性的「覡」及女性的「巫」，類似性質的稱呼有薩滿（Shaman）、祭司（Oracle）、占卜師、魔術師、術士（Sorcerer）鸞手、童乩、巫醫（Medicine man）或通靈者。他常出現於各宗教，號稱具有操作鬼神、讓神鬼附身，主持儀式諂媚鬼神、醫治病人等特殊能力。而在施行法術的過程，常出現不可思議的「奇蹟」（Magic），最早宗教人類學家泰勒（Sir Edward Burnett Tylor, 1832-1917）在其《原始文化》提及。佛雷澤（Sir James George Frazer, 1854-1941）則將之分為「接觸（交感）巫術」與「模擬巫術」，前者是指巫者施行法術於代表信眾接觸過的衣服、物品、毛髮、指甲、血液；後者則是將人的象徵，物，如施行祭解法術的各項「紙關卡」或白虎、五鬼、童子等「凶神惡煞」。

4. **祭祀圈**（Sacrifice circle）：最早日本人類學家岡田謙（1906-1969）
提出，之後施振民、許嘉明、林美容等學者跟隨並證實它存在於台
灣農業社會中。具有在固定領域上的信眾，共同出錢出力，完成宗
教祭祀、立廟或修廟等活動。最具代表性的是單一庄頭或數個、數
十個庄頭上的百姓，根據家戶中的男丁、女口數量，繳交「丁口錢」
或「緣金」，提供宗教活動的財務基礎。而且，用擲筊的方式，選
出爐主、頭家擔任年度的領袖，他們是承擔為神服務的「頭人」；
他們尚須召集庄民，課徵丁口錢，捐贈較多費用，與祭祀圈內的庄
民，共同投入祀神活動。

＊功課

1. 從那幾個角度提出研究問題的質疑？
2. 後實證主義在研究的運用？
3. 祭祀圈與後祭祀圈理論的檢討？
4. 如何作「大膽假設、小心求證」的研究設計？

1-1-4 主觀‧客觀‧主觀互證：研究立場的選擇

我經常遇到研究生問說：「老師～研究論文或方法學教科書，
常出現作研究要『客觀』，這樣對嗎？」

我總是回應，看起來是對的，但必須有諸多的前提。甚至，少
不了「客觀」的現象，及研究者合理的「主觀」性格與思維。

首先，得看你選那個學科領域。在人文學中的文學、哲學、倫
理學、藝術學等，常以「主觀」的價值判斷（value judgment）為研
究立場，發展研究議題，作「應然」（ought to be）理論。資料本身
的「客觀性」不強，接近人文學的詮釋及判斷。論述的緣起，不一

定存在科學「假設」的「客觀性」，也就無法如自然科學作「因果關係」的論證，更遑論科學理論的建構。史學則是比較例外的人文學科，因為它討論的是人類過去的事件，屬於「客觀性」的資料，也在作前面事件對後面事件的「因果關係」論述；所以，它被視為「類似科學」的學科。但是，它又常具強烈的「史判」，此時，又展現強烈的人文學價值判斷。

反之，社會科學受自然科學影響後，常想把「科學」的客觀方法帶入。這是孔德的思維，他也被科學哲學家視為實證主義（positivism）的先驅者。他最早提出社會學應該用自然科學的方法來建構，此思維猶如把社會現象的資料、社會研究的方法，都不能脫離「客觀」的科學立場。從此，社會科學乃與人文學分道揚鑣，出現「量性」的方法與研究，欲收集以數字為基礎的「客觀」性資料，將一切社會、人類行為「量化」，建構類似自然科學，精確的社會科學理論。講到這裡，彷彿自然科學與社會科學的知識建構，皆以客觀（objectivity）為基礎，實際上，並非完全如此。

筆者以為，科學家常擁有強烈的主觀（subjectivity）色彩，反而被外界誤解他們都是超然的「客觀」研究者。如果仔細觀察他們的研究過程，從開始的「選擇」問題、方法，「建構」假設、研究架構，到中期的「收集」、「摘要」、「判讀」、「運用」資料，及最後的論文「書寫」，理論「證實」或「修訂」，皆脫離不了科學家「主觀」式的「直覺」。固然，現象本來就是「客觀」存在；但是，科學家如何洞察（insight）諸多現象，並擇其中一、二類研究，都屬主觀的選擇及判定。因此，建構整個知識的過程，免不了科學家主觀的心智運作、想像與設計。

　　而當科學家的研究，需要得到科學社群的核可，一如研究生的研究，需要得到指導教授及口試委員的認可。這些認定，又隱含科學社群的「相對主觀」性格，政治科學家 Alan C. Isaak 稱之為「主觀互證」性格（inter subjectivity）。

　　依此來看，誰還在說科學研究，知識建構、積累或突破，只要擁有「客觀」資料，而不需要「主觀」的心智呢？我們唯有運用上天賦予人類的洞察、直覺、創造、想像力，才能從浩瀚的、早已存在的「客觀」現象中，將之系統化、分類化。而且能夠「主觀」尋找出資料間的因果關係，進而建構「法則」或「理論」，積累新的社會科學知識。

○ **概念澄清**

1. **客觀**（objectivity）：社會科學受自然科學影響，研究者須要摒除主觀好惡，堅持價值中立來描述人文及社會、自然現象。這種早已存在現象，研究者不得參雜個人情感，運用數字、文字、影像、聲音將之呈現，稱之為客觀。由此看來，客觀只能出現在研究者的立場及資料反應現象等兩個面向。

2. **主觀**（subjectivity）：在哲學、倫理學、藝術學、文學等人文學科中，學者經常以主觀的價值判斷（value judgement）對學科中的議題討論。常從批判的立場，發展研究者言之成理的論述，建構其認為理所當然、系統性的「應然」理論，又稱為「規範理論」。從人文學科的角度來看，研究立場、論證及理論建構等三個層次，皆充滿了主觀；完全異於自然科學、社會科學。

3. **洞察**（insight）：它是指科學家的本能、經驗，是見到一般常人無

法看到的現象本質、內在的義理、動力，或現象間的關聯。此能力有點像是「外行看熱鬧」，科學家、研究者要看的是「門道」。只不過洞察一般人的常識後，科學家常據此提出假設或問題，他需要經由諸多的資料、實驗來加以證實此假設的合理性，解答問題。

＊功課

1. 請分辨人文學與社會科學、自然科學在理論建構的差別？
2. 社會科學家及自然科學家對既存的人文、社會、自然現象秉持的立場為何？又如何避免全然的客觀？
3. 科學社群彼此之間對研究過程的核可，稱為「主觀互證」，您如何看待此觀念？又如何用在自己的研究設計上？

1-1-5 如何理解「問題意識」與「理論基礎」

　　研究生經常問：「為何書寫研究計畫，啟動研究前，要有清楚的『問題意識』與『理論基礎』？或是，部分指導教授、口試委員，在審核研究計畫或口試研究論文時，常朗朗上口地批評說，這兩個概念不夠清楚。」

　　事實上，這牽涉到研究生對科學的本質理解不夠深入，才會不知「問題意識」與「理論基礎」這兩個概念在研究過程中的重要性。也可能導致整個研究工作失焦，作出「不知所云」的論文。

　　一般言，初入門的研究生，他提的研究計劃中，所涉及的「問題意識」最好來自「理論基礎」，而非自己「空思亂想」。理由是「理論」常有其限度，用它比對於「事實」、「主題」、「個案」，問題意識從中油然而生的可能性極高。

　　當然，它得以「水道渠成」的前提，須有幾個條件搭配。首先，

研究生得先熟悉宗教學的「理論群」有那些，才能選擇那個理論與自己的主題作討論、對話，或用主題個案來挑戰理論。就卡爾巴伯、孔恩等後實證主義哲學家的論點，知識本身充滿「暫時性」、「不完美性」或「易誤性」等特質。所有自然科學或社會科學已發展出來的理論群，皆可能隱藏「瑕疵」。

因此，研究生大可假設他引用的理論，都不可能放諸四海而皆準。他只須慎選「研究個案」，並慎選合適的理論與它比對。就可在發動研究前，從理論引發出具體、系統的「問題意識」來。由此觀之，「問題意識」與「理論基礎」兩者密不可分，猶一個硬幣的兩面，一車的兩輪，是二而一的東西。但是，中間要用研究個案或個案群貫穿。使問題意識、個案（或個案群）與理論基礎，形成堅實的「三角關係」。

不少研究者不知這三角關係，個案（或個案群）扮演關鍵的角色。它是真實世界的宗教（社會）現象，異於既有知識，為研究天地的抽象理論知識。研究者就是要運用直覺、平行思考，尋找出彼此之間存在那些問題意識，再將三者連結在一塊。因此，問題意識為研究者想像（imagination）的思維，它們來自抽象化的理論與具象化真實世界的個案。前者可演繹出問題意識，後者也歸納出（化約）問題意識。反應快、敏感度高的研究者，經常在研究世界的理論堆中及真實世界的個案群中，來回穿梭，彼此觀照。既要快速篩選既有的理論，當作研究的基礎；也要用它來解釋真實世界的個案，並質疑既有理論的限制性。在此思維、觀察過程中，提出問題群來。

問題群雖然源自研究者的「意識」，是屬於抽象的思考、直覺、

想像或創意；但是，它們仍然有所依據。沒有對理論的挑戰「雄心」，沒有細膩的觀察個案，並且將之連繫起來，勢必無法出現合理的問題群。當然，研究生提出問題群，找到理論基礎，再探索真實世界的個案或個案群，這三者之間誰先誰後？筆者還是以為先對理論熟悉後，再強烈質疑它的「解釋力」。

　　尤其，西方的宗教學術理論，常基於西方的基督教事實，能否套用到非基督教的世界，實屬堪慮。當我們研究華人宗教個案時，篩選西方基督教理論作為研究基礎，與之對話。當然，就得提出理論與個案的種種問題了！這時，研究者的問題意識與理論基礎就易合理出現在研究計劃，而這關鍵在於個案的選擇。換言之，問題意識、理論基礎與個案，三者息息相關，缺一不可。唯靠研究者的巧思，將之串聯起來。

○ 概念澄清

1. **事實**（facts）：科學家是在真實世界與理論世界間來回穿梭，其中，真實世界是指具體存在的現象、行為、活動，被科學家觀察記錄後，將之稱為「事實」。事實乃稱為科學家關注的具體對象，也從中化約出有意義理論世界中的資料。事實與資料分別存在於真實世界與理論世界，端賴科學家根據研究主題從中篩選或轉化。

2. **想像**（imagination）：自然科學與社會科學家或人文學者幾乎都需要「想像」，它是研究者的天賦，靠敏銳的觀察真實世界的現象後，轉化成研究問題。一般科學工作者的想像，來自於敏感的研究直覺、重複實驗後的發現、閱讀理論後的反思，及敏銳觀察現象後的了悟。培養這四種天賦，都有利於科學家想像力的養成。

3. **問題意識**（questions awareness）：研究的起點之一為提出問題，也是研究開啟後的基本工作。而問題常與主題緊密關聯，甚至是由一系列的問題群所構成。研究者須有強烈的「問題意識」，才可能依此開展研究假設及資料收集。問題意識可以從現象觀察的事實中取得；也可以從既有的研究成果發展出來。前者需要靠敏銳直覺觀察現象而來，後者則從理論閱讀過程中發現值得研究的問題。

4. **理論基礎**（theoretical basis）：研究另一起點為從理論開展研究問題，稱之為理論基礎。在後實證主義的思維下，任何理論都隱含錯誤，研究者在觀察個案後，依個案主題來篩選理論，作為對話的基礎。此時，個案成為研究者挑戰理論的主要論述根據。

＊功課

1. 請說明問題意識與理論基礎在研究計畫中的關聯？
2. 為何研究啟動需要有問題意識？或理論基礎？
3. 以個案或個案群作為研究主題，如何將它用來檢驗理論？或是開展研究問題？

1-2 問題提出

1-2-1 「主題」與「問題」的關聯

研究生提問：「老師～研究主題與問題如何產生關聯？」

我慣用社會科學方法論「操作」、邏輯學的「包含」或「等同」等概念來回應。

當把宗教視為社會科學研究的對象並建構數十個理論群，宗教學就易成型。無論從發生在前的語言學、歷史學，或是發展較後的社會學、心理學、人類學、政治學、法學出發，它皆可用社會科學

的研究法處理。

　　首先，從「操作化」的思維來說：從概念（concept）的語意層次來看，主題抽象程度高，問題抽象程度低，而前者常靠後者表現。一個主題使用一個問題呈現，似乎不符合邏輯。應該是數個問題（questions），才能構成一個主題。我們也可用一個主題包含（including）數個問題來說明；或是用一個主題等同（equal）數個問題的總和；亦或是數個問題加總起來（sum），表現一個主題。

　　換言之，研究生選定主題後，要進一步思考，與此主題相關聯的問題群（questions）有那些？當從主題「精緻化」這些問題群後，就可以稱為主題「操作化」（operation）數個問題了！

　　對研究生而言，學會操作化，將他研究工作的開展，甚多助益。雖然，從主題操作化問題群，是「量化研究者」的思維；但是，「質化研究者」如果能採用此邏輯，將精確化、進化其研究設計。

　　另外，一般初學者常弄不清楚，如何用問題群表現主題。事實上，問題群與問題「本身」、問題的「前因」、問題的「後果」等概念群有密切關聯。當你抓住主要概念（main concept），就可把它視為研究問題的核心。再從它發展出相關聯的「前因」概念，構成問題探討的另一重點。或是再依它發展出相關聯的「後果」概念，建構第三個問題點。

　　當把主要概念及相關聯的概念建構起「因果關聯」的變數（variables），就可發展出一系列的問題群。再依照此問題群，作合理的排列，確認研究的範疇，而也可依此指引研究生搜尋資料。當然，主題操作化為問題群，必須仰賴研究生觀察現象後的想像及閱讀理論、反芻它，咀嚼消化後的質疑。而這些想像及質疑出來的

問題群，全只具「暫時性」的特質，不一定死守它們至研究結束。

　　如果研究生在搜集原級（primary）資料及次級（secondary）資料過程中，發現新問題，當可將之加入問題群。反之，無任何資料可回應問題群中的某問題，則可刪除它。這些皆屬合理的研究發展。

　　至於，研究問題群與研究假設、研究架構有何關聯，留待下回再論。

○ 概念澄清

1. **操作化**（Operation）：研究是指在「理論世界」與「真實世界」間的印證、探索過程，在最高抽象層次的理論，可視其為假設，再把假設中的「理論概念」，操作為具體可觀察的「指涉概念」，接著把指涉概念操作化為真實世界中可觀察到的「問卷問題」或「訪談問題」。從最高抽象的理論層次，轉化為最低具體的問卷問題層次，稱為「操作化」。

2. **因果關聯**（causal relation）：研究者將兩個或兩個以上的變數勾連在一起，建構假設，就隱含因果關聯的建構；當假設被證實後，化身為理論或法則。因此，假設、理論或法則皆具有因果關聯的形式，而它們也是知識建構的重要思維。

3. **資料**（data）：資料是指真實世界的各種現象，為研究者運用文字、數字、符號、照片、聲音或影像呈現。分為存放於圖書館的各種書籍、政府公報、雜誌、期刊等「次級資料」，及由研究者到社會調查、田野調查現場，運用參與觀察、問卷調查、深度訪談法，採集而得的「原級資料」。

＊功課

　　1. 自己規劃一研究主題？

　　2. 設計與主題相關聯的一系列研究問題？

　　3. 設定與研究問題有關的概念（變項），確認變項間的因果關聯？

　　4. 資料類型在作研究中的運用方法？

1-2-2 研究主題那裏尋找

　　研究生在課餘聊知識或課堂提問，經常問說：「老師～研究主題（topic）如何尋找」？

　　的確，這是入門初學研究的學生常面臨的困境之一。不只碩士生不會找研究問題，有時連博士生也不一定會訂定主題。或是他們已有了主題，卻無法開展與主題相關研究問題（question）或問題群（questions）。形成有主題，而無「問題意識」的窘境。這兩個困境，可以從理論、個案、觀察現象，及邏輯的思維、想像等幾個面向，尋找主題或問題群，而迎刃而解。

　　先討論第 1 個問題，當學生提問「研究主題那裡找」？我通常回應，社會科學的研究，一如自然科學，在人所處的環境、社會，「俯仰天地之間的人文、社會、自然現象，皆有主題可研究」，端視研究者的「直覺（intuition）」探索、尋找，進而陳述出來。

　　只是，自然科學家研究的是自然現象，社會科學家研究的是人文、社會現象，或這些現象與自然現象的互動。如果把這陳述化約，可以簡單地說「現象隱含主題或問題」，或是「現象即主題或問題」。但是，這需要研究者敏銳的思維（thinking）與想像（imagination），才能從中轉化現象為主題或問題。一流的研究生，

常採上述途徑（approach），從觀察現象產生的直覺、思想、想像，提出有意義的主題或與之相關聯的問題，開展他們的研究。

　　退而求其次，研究生可以從既有的「理論」出發，運用「否證」（falsification）思維，認定理論存在瑕疵，開展研究主題或問題。把這陳述化約，可以說「理論隱含主題或問題」，或是「理論可轉換成主題或問題」。透過研究，嘗試修正理論，使之精緻化。

　　然而，無論是卡爾巴伯的「否證論」，或是湯瑪斯孔恩的「典範（paradigm）」，都需用靠「異例」（anomalies）來挑戰既有理論或知識。而異例「個案研究」益顯寶貴，數個異例即是「少數幾個個案」，全球的異例即是「多個個案」。至於，應該選擇多少個個案才恰當，完全看研究生的企圖心及能力。初學者貴少、不求多，當然，兩個以上的個案研究，理應優於單一個案研究。

　　說到這裏，就可以知道研究主題與問題的尋找並不難，只看您有沒有用心「觀察」人世間、自然界的種種現象，或是有無讀通「理論」、「知識」，反思其具有「易誤論」的本質。如果您熟悉、運用這兩個途徑中任何一個途徑，皆可將之轉換成研究主題與問題。因此，研究主題、問題的尋找應該不難，比較困難的是研究生有無「直覺力」、「想像力」，及對既有理論的「挑戰力」、「創造力」。如果有，就容易開展研究主題、問題，並轉化為「假設」（hypothesis）或研究架構（research framework）。

　　講到這裡暫且打住，有關主題與問題（question）或問題群（questions）的因果、辯證、邏輯關係，就留點遺憾，下回再說吧！

○ 概念澄清

1. **研究途徑**（research approach）：為了對研究主題做合理的勾連，可以選擇「學門」、「理論」、「概念群」或「概念」當作研究途徑，藉此接近主題。其中，用一「學門」接近研究主題，抽象層次最高，其次依序為「理論」、「概念群」或「概念」。當研究途徑與主題連結時，形同假設的建構，就可用它來收集資料，發展既有的理論、概念群或概念。而且，「理論」建構的研究途徑，隱含理論假設，可用資料將之檢驗。「概念群」或「概念」建構的研究途徑，隱含研究者的創意，可用資料證實其存在，而建構新的理論。

2. **否證**（falsification）：卡爾巴伯提出研究者應該具有挑戰既有理論的思維，認為科學家建構的知識並非完美無瑕，存在「知識易誤」的現象。為了精緻化既有的知識，將它們當作「假設」，再用新的資料證明它們存在瑕疵，使原有的知識再進化、升級。因此，否證式的研究思維，成為後實證主義科學家作研究的主要依據。

3. **異例**（anomalies）：孔恩認為科學知識的建構，並非代代相傳、一成不變，而是在新知識推翻舊知識的革命過程中，不斷創造與積累。然而，新知識得以建構出科學理論，有賴於諸多異例的累積，才能用此挑戰舊有的理論。由此可見，異例個案研究的選擇，是科學研究的重要基礎。不斷累積異例，就有可能出現舊典範的崩解，新典範的出現，產生典範位移的科學革命。

＊功課

　　1. 嘗試作一否證思維的研究設計？

　　2. 運用既有理論當研究途徑，作一研究設計？

3. 在自己的研究主題中，尋找異例的個案，作研究設計？

4. 上述三個研究設計，自己練習劃出研究架構圖？

1-2-3 研究的目的

我應一貫道發一組崇德神學院及陳幼慧教授之邀，有幸事先拜讀四篇該教的「組織運作」論文，讓我長了知識，但也令我再次反思，宗教研究的巧門與理論建構的問題！

我想從宗教學理論及方法論「互動」的視野，提出幾點閱讀心得，及宗教學論文書寫的「目的」就教於諸位方家與先進！在我看來，廣義的「宗教」研究可以分為傳統人文、現代社會科學及自然科學三大領域。而穆勒開創狹義的「宗教學」後，應該可以把它放在社會科學領域中來理解。

然而，不少宗教學研究者，梳理大量的資料後，忘記了宗教學屬性為社會科學。其研究的高階目的在於理論建構（theory construction），而非只作基礎的資料記錄、描述（describe）或分類（classification）的工作。儘管研究者費了九牛二虎之勁，下鄉蒐集諸多寶貴的粗資料（raw data）。但是，無理論指引的資料蒐集，非常容易迷失於浩瀚如海的真實現象與文獻紙堆中。在無理論的關照下，好不容易爬梳寫出的論文，卻也容易流於陳述多、論述少；或有論述、無系統性的辯證；亦或有論證、分析，卻無理論印證、理論修正或理論建構等論文書寫的缺失。

就宗教學研究的層次來看，形同只做了初階的「描述型研究」，而未能進入中階的「解釋型研究」、「詮釋型研究」，更遑論高階的「預估型研究」了！

　　為何研究會陷入資料多，卻做不出「好研究」的窘境？如同我們到了市場採購，買了各種果、菜、魚、肉回來，無論使了多大的勁，卻仍然無法做出一道「好料理」來似的？

　　主要原因在於，研究者忘了社會科學的目的與自然科學一樣，都在追求通則（generalization）、法則（law）或理論（theory）。在失去理論思維作為指引的前提下，輕易下鄉作田野、社會、宗教調查，容易陷入盲目蒐集資料的迷失。

　　或是，有了「問題意識」的指引，依此蒐集不錯的系統性資料。但是，缺少全面的理論閱讀、理解與掌握，未能篩選合適的理論來印證資料，就易淪為資料解讀不夠深刻，或錯誤解讀的重大缺失，或是看似選了某個理論來與資料對話。

　　但是，此理論明顯像是「牛頭」，卻無法對上資料的「馬嘴」。流於「硬套理論」，理論牽強附會於資料，淪為西方理論「殖民」東方資料的困境。上述這些盲點、缺失、困境，常出現於宗教學及社會科學研究的論文中。研究生之所以會造成這些問題與困境，在於大部分研究者受限於理論及方法論的「視野侷限」。

　　首先，對既有的理論閱讀太少，導致挑不到合適的理論與資料對話，或是挑選到的理論，只能與部分資料系統性對話，而沒法全面、深刻的解釋資料。

　　其次，資料化約為理論的「直覺」能力不足，淪為資料與理論脫離。當研究者資料整理出來，卻沒法作資料間的解釋，更別說要與既有科學社群建構的理論、典範對話，和國際主流學術接軌了。

　　第三，欠缺理論與方法論彼此關照的視野，致使儘管運用量性、質性方法蒐集大量的資料，卻無理論建構的價值，淪為「事實

誇大主義」的缺憾。

最後，欠缺理論與個案或個案群的「比較」能力。無法用後者的資料，來挑戰舊理論，創造異例（anomalies）或積累異例群，造成理論修正，或「典範位移」的契機。

上述作研究的基礎功夫，是宗教學研究者不可或缺的視野及能力。當然，也是社會科學及自然科學各學科研究者的參考規範！

○ **概念澄清**

1. **互動**（interaction）：社會科學研究與宗教研究本質相似，都應掌握理論與方法論兩者間的互動視野，才有辦法對經驗現象作合理的資料收集、書寫與辯證的論述。只有理論而沒有方法論，將流於空談。因為沒有任何的資料來證實理論，反之只有方法論，沒有理論的觀照，收集的資料也流於誇大的事實，無法檢證、精緻既有的理論或建構新理論。

2. **類型**（typology）：研究資料處理的基本功夫。在研究過程時，分為低階、中階與高階三階段，唯有從低階資料的描述進而作分類，才能循序漸進建立中階的概念與假設，之後再建構高階的通則、法則、理論。其中，分類是非常基礎的低階研究工作，它又可以分為簡單的判準作「分類」（classification）及韋伯式的「理型」（ideal type）兩種方式。前者只要找到判準（criteria），就可以對龐雜的資料作有系統的分類；後者則需要研究者在既有的真實世界中抽離「理想」的狀態，賦予合理的意義當作衡量真實世界的指標（index），觀察理型與真實世界的差異，而作出不同層級的類別。

3. **描述**（description）：在自然科學、社會科學中都必須對真實世界的

自然現象、人文、社會現象作鉅細靡遺的觀察記錄後的描述。觀察記錄可運用肉眼，也可借用儀器。肉眼的觀察所作出的描述，不如藉助儀器觀察的描述。在顯微鏡未發明前，科學家無法描述細菌，在哈伯望遠鏡未出現前，天文學家無法記錄星球的誕生。智力測驗未被提出前，心理學家無法測量人類的 IQ。因此，科學家在觀察現象時或許可以藉助測量工具，才能深入描述內在的現象及行為。

4. **詮釋**（interpretation）：研究的中階目的之一在於詮釋概念、現象，不同的理論家作出不同的詮釋視野。胡塞爾希望回到現象本身來看現象的本質；韋伯則鼓勵我們用時間、空間兩個脈絡來看社會現象；Watch 也持脈絡的角度，但是他希望任何社會、宗教現象，應該嵌在文化、社會、歷史、個人經驗的情境中來加以解讀。

5. **解釋**（explanation）：研究的高階目的在於建立通則、法則或理論，也是孔恩所說的建立典範。這些名詞都是指兩個或兩個以上現象間的因果關聯，構成了「解釋關係」。由此看來科學家用個案建立通則、少數個案建立法則及多個個案建立理論，皆在尋求對自然現象、人文社會現象的解釋。

6. **預測**（prediction）：最高階的研究在於研究建構後，對未來預測。自然科學的理論估計能力強大，社會科學的理論相較之下，估計能力較弱，其中又依學科量化程度的不同，而有不同的效果。如物理學、化學、材料學、電子學、電腦學、統計學所建構的理論，都具強大估計能力。而在醫學、藥學的估計能力低於前者，但也比經濟學、心理學、社會學、治政學或人類學的估計能力強。用量化與質化的學科本質來作區分，可知量化的估計能力，強過質化的學科。

＊　功課

1. 思考宗教學理論與方法論之間的關係？

2. 宗教學研究的層次分為描述、詮釋、解釋與估計等四個類型，請您規劃自己的研究屬於那一個類型？

3. 分類是基礎研究工作，請問有那些分類的方法？又可用它們在自己的研究工作上？

1-2-4 研究論文章節應該如何安排

研究生找到了研究主題，常問我：「老師，如何規劃安排、書寫合理的論文章節？」

他們共同的困難是，主題歸主題，章節歸章節，兩者並不一致，前後無法串聯在一起。要如何化解這困境，筆者以為有幾個的方法可以思考與因應。

首先，從主題或與它相關的理論出發，根據這兩個概念，逐一「演繹」推估有那些研究問題，值得作研究。從中發展出合理的、系統性的「大問題」。其中，每個「大問題」，皆可轉化成一「章」。如果有 3-5 個「大問題」，就相對應有 3～5「章」。

而在「大問題」下，又可「演繹」推估出「小問題群」。如果章下有 3～5 個「小問題群」，就可在其下反應成 3～5 個「節」。依此類推，每個「節」下，又有「小小問題群」構成，它們又可反應成「目」或「次」，直到問題窮盡為止。

這是從主題「演繹」出大、中、小不同層次的「問題群」，它們只是章、節、目、次初步構想的反應。與此相反的路徑，是用「歸納」真實現象與文獻資料的方法，從最「細小的問題群」，逐步「歸

納」分類、化約成「中層問題群」，再「歸納」分類成「上層問題群」。

其中，「上層問題群」即可成「章」；「中層問題群」，就可成「節」；「細小問題群」則可成節下的「目」或「次」。這種思考的路徑，完全與演繹主題的方法顛倒。話雖如此，筆者以為在研究計畫提出時，或許著重在演繹方法。而在研究進行時，可根據自己收集的現象記錄，閱讀的文獻、研究成果，作交叉比對後，調整研究章節的內容或排列的順序。

其次，如果量性的研究計畫中有「研究架構」，而且在其中設定非常具體的「獨立變項」、「中介變項」及「依賴變項」，則可以思考用三個章，依序探索這三個變項。大部分的中介變項是主題，可討論其內容及詮釋其意涵。獨立變項是主題形成的各種變因，可分析其主要或次要因素。而依賴變項主要是在論主題帶來的效果，可分析其正、負功能，或內、外效應。如果研究架構的變項較為複雜，可視收集資料的狀況，再決定是否增加章節。例如獨立變項有兩個類的變因，而且資料也相對豐富，則可思考用兩章處理。同理，依賴變項如有三個效應，每個效應資料皆具討論價值，則可以三章表現。這中間並無一定的規則，完全需要根據研究者的直覺，決定要花多少篇幅處理它們。

因此，本文如果簡單些，三章就可完成論文。複雜些的本文，則可用 4～6 章不等的篇幅處理。無論篇幅多或寡，研究者的目的是要把主題討論清楚即可。

最後，再以少數個案研究為例，來談章節的安排。筆者以為最簡單的作法是，先用理論框架，限制每個個案討論的範圍，讓它們

聚焦在幾個變項，避免每個個案各自漫無邊際的發展。接著，再用一章鋪陳一個個案來龍去脈的作法。

依此類推，三個個案，就需 3 章，四個個案，就以 4 章表現。在每個個案討論完畢之後，再用 1～2 章總結，相同者，歸納其通則。相異者，挑戰其原來設計的理論。與前面只需 5 章論文相比，少數個案的論文篇章至少 6～9 章，來得複雜許多。這類論文比較適合具挑戰性的主題，或是企圖心強的研究者。當然，碩士論文5～6 章即可；至於博士論文篇章豐富些，理論性強些，則可考慮這種論文，它應該有加分的效果。

另外，升等副教授、教授的論文，不但主題要新穎，也要求章節具合理性及豐富度，更強調它對既有理論的「突破性」及「創新性」。

○ 概念澄清

1. **演繹法**（deduction）：它是推論的一種方法，由大前提（通則）、小前提（個案）及推論所構成，從而得到結論，稱為「三段式推論」。運用它時，得確認大前提（通則：天下烏鴉一般黑）；再尋找大前提下的小前提（個案：一隻白色的烏鴉或一隻黑色的烏鴉），就可比對大前提與小前提的異同，進而推論出結論（結論 1：天下烏鴉一般黑的通則必須修訂；結論 2：天下烏鴉一般黑的通則不用修訂）。

2. **歸納法**（induction）：它是推論的一種方法，由 N 個相似外觀或本質的事務，排列在一起，再進行推論，從而得到結論。運用它時，得先尋找很多外觀或本質的個案，如 N 隻烏鴉是黑的；進而推論出天下烏鴉一般黑的結論。反之，N 隻烏鴉是黑的，而有一隻烏鴉是

白的時，就無法推論出天下烏鴉一般黑的結論。

3. **變項**（variables）：在研究過程中，必須確認關鍵詞彙（key terms）或關鍵概念（concepts），只要具全稱式的詞彙或概念，皆可稱為變項。所謂「全稱式」是相對於特殊式，前者是用一個詞代表 N 個現象或事物，後者則用一個詞代表一個現象或事物。如山為全稱式的概念，可涵蓋地球上各地的大小不同山脈，玉山則為特殊式的概念，專門指涉位於台灣中央山脈的最高峰。研究者在觀察現象後，需思考將它們轉為研究變項，而且要進一步探索變項間的關聯，確定「獨立變項」、「中介變項」、「依賴變項」，才能清楚界定研究範圍。

＊功課

1. 應如何思考研究論文章節？
2. 研究架構與論文章節的關聯性？
3. 如何規劃不同層級論文章節的豐富度？

1-3 理論運用

1-3-1 概念或概念群：宗教知識與宗教研究的基礎

研究生常問：「老師～什麼是宗教研究？以及宗教領域知識的基礎？」

我大部分會回答，在宗教學或宗教人類學、社會學、心理學等次領域學科中，提到的概念（concept）或概念群（concepts）。它們就是基礎知識，也是研究生作宗教研究的必備條件與能力。

至於，概念是什麼？研究生常無法回應；如果回應，也常語帶含糊。我們應該可以用一句話精確的說它：「諸多相似而且可觀察

的具體現象、活動、事、物、行為，將之抽象化，用一個詞彙（term）代表它。」

　　然而，宗教學中單一概念，或數個概念組成的概念群，只能描述宗教領域內的共同現象。它或它們只是知識的基礎，尚無法成為學科的理論。如果要成立宗教學或次領域的學科，不但要建構數十至上百個概念，也必須擁有數個或十幾個理論。

　　我們應該體認，理論是學科的核心。以社會學為例，如果沒有孔德、涂爾幹、韋伯、馬克思等幾位古典社會學的理論家，就不會有宗教社會學。其中，涂爾幹的宗教儀式連帶功能論、宗教起源的圖騰論；韋伯的宗儀式教誨功能論、宗教領袖菁英理念論、宗教信仰思想決定社會型態論；馬克思的政治領袖創造宗教控制社會論、宗教為鴉片的萎謝論等。有了這些理論逐漸積累、堆疊，才有當今的宗教社會學。

　　而且，每個理論可能由幾個相關概念構成。在理解理論前，就得先了解理論中的概念；再弄清楚概念間的因果關係（causal relationship），才能深刻、合理的運用理論來解讀現象。不然，在一知半解的情形下，就可能誤用理論，亂套理論，影響理論的發展。

　　由此觀之，概念或概念群，才是理論的內在基礎，否定它們，知識進入虛無情境，再也無法建構知識。因此，研究生要作好研究工作，就必須熟悉他的研究主題中，重要的「關鍵字」、「問題」與「假設」。這三個詞彙（term），都會牽涉到宗教學中的基礎概念或概念群。

　　其中，關鍵字（key words）較易懂，是指宗教主題下，必須掌握的詞彙。它們可以是特殊詞（specific words）或是全稱詞（general words），後者皆是指稱概念群。只要查宗教詞典、宗教百科、宗教學教科書，就能理解概念的內涵、本質或定義。

　　相對於關鍵字，問題則是指一句陳述（statement），它由主詞、動詞、名詞所構成。例如，「宗教功能」是一個詞，也是一個概念；如果要把它轉化成問題，就變成「宗教有那些功能？」，或是「傳統宗教的功能為何？」、「新興宗教的功能為何？」、「巫的功能為何？」這項轉化能力，就需靠研究生的想像力（imagination），沒有想像力，事實上無法作研究。

　　至於假設，那又更複雜了，它牽涉到「兩個或兩個以上概念間，存在相關性」。例如「女性熱衷宗教？」或「宗教熱愛男性？」這兩個陳述，隱含「性別」與「宗教」兩個概念可能存在某種關聯性。當未證實（verify）時，它只是假設；反之，如果能夠證實它存在，就變成理論（theory）、法則（law）或通則（generalization）。這個轉化，難度更高。研究生不但要有想像力，還要有邏輯力（logical capabilities），才能將概念群建構成合理的假設。

　　優質的研究生除了熟悉宗教學術的概念外，尚且要把宗教學理論中相關聯的概念群，轉換成宗教研究變數群（variables）。他需要依自己敏銳的直覺（intuition）將它們操作為獨立（independent）變數、中介（interval）變數及依賴（dependent）變數。果能如此，宗教研究就有方向、範圍，而且相對容易開展！至於，什麼是宗教研究的獨立（independent）變數、中介（interval）變數及依賴（dependent）變數，只能留下遺憾了？等待下回解讀！

○ 概念澄清

1. **詞彙**（term）：研究者運用數字、圖片、影像、詞彙建構真實世界的資料，尤其質性研究者採用大量的詞彙來書寫論文。詞彙分為特殊詞與全稱詞兩類。前者是指單一現象，如鄧小平、蔣介石、毛澤東；後者則是多個現象的統稱，如政治領袖。研究者需要在自己的學科領域中熟悉掌握各個專有詞彙，而且將之定義清楚。

2. **概念**（concept）：具體事物抽象化之後，將之命名就形成概念。一般言概念泛指多個同性質的現象，用一個詞彙來表現。如原子筆、鉛筆、鋼筆、彩色筆，統稱為筆。它是知識的基礎，人類用它來化約、整合複雜的現象，認識概念越多，基礎知識越完備。研究者作研究就必須運用合理的概念來表現他的研究主題或問題。

3. **概念群**（concepts）：作宗教研究並非單一概念，而是多個概念構成研究主題及主題操作化之後的問題群。描述性的研究採用的概念或概念群相對簡單，彼此不具因果關係；詮釋性的研究就可能將概念群作內在本質、象徵、時空脈絡情境的合理爬梳，概念群的運用相對複雜許多；至於解釋性的研究，它要操作概念群的因果關係，研究者必須清楚掌握何者為因、何者為果的概念。

4. **獨立、中介、依賴變數**（independent , intervening , dependent variable）：在量化研究中，研究者喜歡將概念視為變數，將它分類獨立、中介、依賴變數。獨立變數又稱解釋變數，在因果關聯的變數中又稱為因變數。依賴變數又稱為被解釋變數，也是因果關聯的果變數。至於中介變數是獨立變數的被解釋變數，又是依賴變數的解釋變數，它介於這兩個變數之間。社會科學與自然科學的量化研究者在操作變數時，有顯著的差異，前者常是多個變數的因果關聯，後者則常簡

化變數，論其因果關聯。

5. **證實**（verify）：作研究需要大膽假設、小心求證，從理論發展出假設，要尋找一個或多個個案來證實假設是否存在。這種用資料證實的過程，又叫檢驗（test），經過檢驗而證明它能存在，就由假設轉化為通則、法則或理論。相反的，未能檢驗過關者，又得重新設計假設，回到研究的出發點。由此看來，證實是假設與理論的橋樑。

＊**功課**

1. 請思考自己研究所需要的概念或概念群？

2. 為何宗教研究需要有理論來支撐？理論又在宗教研究中扮演什麼樣的角色？

3. 如何將理論轉化為假設？又如何尋找個案來證實假設，進而修訂或另立新理論？

1-3-2 對「宗教功能論」的反思與辯證

思考涂爾幹（Émile Durkheim, 1858-1917）、韋伯（Max Weber, 1864-1920）兩位宗教社會學者，皆把宗教視為影響社會的變因，其理論乃被視為「功能論」，這是過度簡單化約兩位前賢的論點。

事實上，前者看到的是宗教儀式對參與儀式者的連帶情感形塑，進而容易產生彼此間的相同價值體系，以及你我為同一「群體」的社會凝聚力。著重在儀式對社會形成的內在動力，堪稱「宗教儀式功能論」。

而後者看到的是基督新教信仰中價值觀的實踐，此宗教倫理的「理性」行動，吻合資本主義社會建構所需的經濟「理性」。它無意間促成「資本積累」與「專業人才養成」，而這兩個條件又是促

進西方的資本主義社會發展的主要變因。

　　這種著重在宗教思想的實踐對社會發展的影響，可稱為「宗教倫理的功能論」，又稱為「韋伯主義」。雖然涂爾幹與韋伯兩人都以「宗教功能論」見長，但是研究者不可含糊帶過，宣稱其理論大同小異；實際上，兩人差異頗大。

　　如果作研究，可將此類推，「宗教功能論」可以細膩化為「鉅視」思維的「宗教整體論的功能論」及「微視」思維的「宗教個體論的功能論」兩類。前者視宗教為一整體概念及獨立變數，觀察它對社會、族群、文化、政治、藝術、科學、自然界、宇宙等各面向、概念、現象的影響。後者則把宗教切割為儀式（此為涂爾幹的思維）、思想（此為韋伯的思維）、神、教主、組織、神職人員、廟宇聚會所等細項，再看每個細項對上述各依賴變數的影響。

　　這些研究思維、假設及想像，都來自「宗教功能論」，但千萬不能視與涂爾幹、韋伯兩人的理論相等或相似。我們可以說，他倆是功能論的開創「先驅」，絕非功能論的「終點」。而我們後輩研究者則要站在功能論的肩膀上與其對話。而且，要有「開創性」的「思維」及「視野」，建構功能論的「新假設」，才可能超越前輩對功能論的「舊論述」，尋找到「新理論」或對宗教、社會現象的新解釋。

◯ 概念澄清

1. 宗教功能論（religious function theory）：社會學家韋伯、涂爾幹或馬克思（Karl Marx, 1818-1883），皆被視為宗教功能論者，將宗教視為「結構」，有結構則必有其功能。功能又可分為正功能、負功能、

強功能、弱功能等不同的層次。馬克思把宗教視為統治階級給被統治階級的鴉片，讓他們吸食之後，麻痺其心靈，不再起來反抗、顛覆統治階級，此為宗教負功能論者。因此馬克思主義者就提出消滅宗教的論述，避免宗教戕害人民。韋伯在《新教倫理與資本主義精神》一書中指出，喀爾文教義是資本主義社會建構的基礎條件，這種論述稱為宗教的正功能。

2. **儀式功能論**（ritual function theory）：涂爾幹對宗教儀式的論述強調人群在集體膜拜過程中形成共同的神聖情感，彼此之間的連帶關係，或你我同屬一群人的「我族」認同情感。這種論述稱為「儀式功能論」。至於韋伯從基督教的教會禮拜出發，認為台上的牧師言者諄諄，教誨信眾，讓他們認同聖經教義為日常生活的準則。此時，宗教儀式也產生了另外一種「教誨」功能。兩個理論家皆屬宗教儀式功能論，但是著重的面向不盡相同。

＊功課

1. 如何把宗教當作一個結構？除了宗教整體外，還有那些次領域可以當作結構，將它們用來作宗教結構的假設？

2. 在韋伯、涂爾幹或馬克思的宗教功能論述中，您有什麼見解，或得到什麼啟發？

3. 請您從韋伯、涂爾幹或馬克思的宗教功能論，作一當代宗教現象的研究主題設計？

1-3-3 宗教學與方法學的省思：談「洗骨葬」

應中華宗教哲學社劉理事長通敏教授之邀，有機會先睹為快，拜讀大陸社會科學學院世界宗教研究所陳進國副研究員的〈喪葬禮

儀與日常生活：以客家洗骨葬為例〉。讀後，引發個人幾點思維，就教諸位方家。

　　宗教學者常對各種宗教現象，提問「起源」的議題。同樣的，也會問洗骨葬（撿骨葬、二次葬），它的起源在那裏？根據儒教的《禮記》，在人的生命禮俗中，包含凶、吉、賓、嘉、軍等五種禮儀。喪葬只是凶禮（喪、弔、會、荒、恤）中的一項。然而，《周禮》從未提及二次葬；至宋朝，朱熹的《朱子家禮》，也未見其論。因此，它可能是儒教、士大夫階層之外的喪葬禮俗。

　　前中研院凌研究員研究洗骨葬後，認定為「百越族文化」，就可為上述的佐證。另外，在考古部分，早在 6000 年前，大陸的「半陂文化」，卻考古出土骨甕（黃金甕）及甕中排列類胎中嬰兒的彎曲狀骨骸，進而推論，有類似撿骨葬的習俗。而在文獻部分，福建的「地方志」、「姓氏家譜」中，也有二次葬的記錄。在陳文中，引用清朝道光年間，福建「姓家譜」相當詳實的記錄，又可佐證客家族人的二次葬儀式。

　　至此，二次葬的起源為何？有源於單一少數民族文化，也有二元或多元論述，實有待更多的考古、歷史資料來論證。在「起源」之外，學者也會好奇它的散佈「族群」、「區域」範圍。就族群來看，它只有在客家族的文化圈？還是擴張至畬族、壯族、河洛族？在既有資料顯示，它已是跨族群的習俗，而非台灣祖先的說法，要帶先人骨骸回長山（中原）。

　　再就區域來看，它不僅出現在大陸的福建、浙江、江蘇等地，也隨著先民傳佈到台灣，及日本、東南亞的華僑社區。台灣地區只要採土葬方式，大多維持撿骨至黃金甕再落葬的習俗。由於二次葬

的考古結合文獻資料，至少已有數千年歷史，因此，可以思考它的「變遷」現象及「變遷之因」的理論述議題。除了從單一族群二次葬的歷史變遷外；也可理解跨族群文化與二次葬「融合」的現象，在不同歷史點的差異。

研究生對這種變遷，尚須思考影響變遷的各種變因。尤其進入到當代兩岸政權，不約而同推行節約土地的「火葬」政策，將大幅度制約二次葬。因為，已經無骨可「撿」，無骨可「洗」，無骨骸可第二次埋葬。

當我們比對不同時間、空間的二次葬，應該可以觀察到變遷或差異。以陳教授書寫的論文，從清代到當代，應該也採「比較變遷」的視野，或許可以作出新觀點的研究。

最後就「宗教學」的角度，可關注二次葬的宗教思想、儀式、心理等層次的議題。如二次葬表現出那些神祇、煞神、風水觀、孝道？又如二次葬儀式的流程、功能、象徵？再如參與二次葬者的心理、經驗、想法？這些宗教學的核心問題，應該找資料回應、解謎。

往往在拜讀他人論文，既可快速增加知識，又可從中產生聯想，獲得啟發。在洗骨葬的文章，我們再次得到驗證。從宗教學的理論及方法論的思維，讓我們再次產生新的視野，為下次研究作不同角度的發想。

○ **概念澄清**

1. 宗教起源（religious origin）：宗教學者論述宗教起源有萬物有靈、巫術、圖騰、祖靈、未來世界等幾個脈絡，萬物有靈論認為自然界、器物、鬼靈皆值得敬拜，這是跨民族宗教起源的多神論崇拜。巫術

作為宗教起源甚早，認為少數通靈者可以操作鬼神或運用歌舞、儀式諂媚鬼神，因此將巫者的活動視為人類的宗教起源之一。圖騰論者則把人類的起源與自然界產生連結，而對自己族群起源的圖騰物，視為神聖對象加以膜拜。至於祖靈為宗教起源，也出現在諸多民族。其中，漢族將祖靈與孝道連結，而有特殊的崇本報始的祖先崇拜節慶與儀式。最後，人類喪禮所表現出來的未來世界，或是人死後的靈魂現象，則也是宗教起源的重要脈絡之一。

2. **《禮記》的生命禮俗**（life ritual in the Liji）：在《禮記》提及的生命禮俗涵蓋凶、吉、賓、嘉及軍等五種禮儀。其中，凶禮又包含喪、弔、會、荒及衈等五種次類型。它們是儒教最重要的禮俗規範，影響朝廷及民間士大夫階級的各項作為。

3. **二次葬**（secondary burial）：在中國及週遭地區的人類文化考古現象，皆出現二次葬（撿骨葬）的現象，它散佈畬族、壯族及河洛族。因此，它並非台灣祖先撿回唐山二次葬的專利。此考古資料打破了過去傳統福建、浙江、江蘇、台灣及日本東南亞華僑社區二次葬的刻板印象。

4. **宗教融合**（syncretism of religion）：宗教融合的原意，在於不同宗教碰觸之後，彼此產生了相互交融的現象。強勢文化的宗教碰到弱勢文化的現象，經常對後者產生重大衝擊。當然，也有宗教家為了使自己的宗教發展，採取主動接納其它宗教的作為將之融入自己宗教。除了宗教之間的融合之外，也可以思考宗教與異文化、社會間的融合；或是宗教次元素間的彼此融合。

5. **宗教變遷**（religious change）：從歷史的洪流來看，就可能有宗教變遷的現象，此變遷分為漸變或驟變等兩個類型。有時宗教變遷是深

受社會變遷所影響，有時是宗教家因應社會變遷，而改變原有的主
張。在 20 世紀初，人類社會出現了重大變化，傳統宗教無法滿足既
有的人群需求，而出現新宗教運動。同樣的情形出現在 15 世紀西方，
天主舊教無法滿足社會的需求，馬丁路德、喀爾文另立新教。在中
國東漢末年亂世，巴蜀乃有張道陵創造道教之舉，明朝末年民不聊
生，而有近代的羅教、一貫道，理教、白蓮教等教派因應而生。

＊功課

1. 如何思考宗教變遷的概念，用在自己的研究主題上？
2. 如何思考宗教融合的理論，用在自己的研究主題上？
3. 對於「起源」的問題，您得到什麼啟發？

1-3-4 宗教儀式有那些脈絡

從宗教社會學的角度看宗教儀式的研究，不可忽略儀式本身的
內容、過程、意義及特質，這比較接近胡塞爾、韋伯的詮釋學視野。

但是，胡塞爾（E. G. A. Husserl, 1859-1938）及韋伯在詮釋儀式
時，前者常用「物自身」的概念，來理解儀式的內在「本質」。而
後者常將儀式置放在「時間」、「空間」兩個脈絡（context）來論。
兩位前輩的思維固然重要，而當代宗教社會學家沃克及宗教哲學家
澤井義次兩人，將儀式放在歷史、社會、文化及宗教經驗等脈絡來
考察的視野，也不容小覷。

不過，在筆者看來，胡、韋兩位對宗教儀式的詮釋，依舊符合
儀式本身，而非運用儀式之外的概念來解讀儀式。而沃克及澤井義
次兩人則有用儀式之外的社會、文化兩個概念在論儀式，比較接近
「因果關聯」的討論。

　　如果用社會、文化論宗教，似乎有了「結構主義」的觀點。因為，宗教或宗教儀式被框在社會結構或文化結構中。隱含「結構決定了宗教與宗教儀式」這命題，後者被前者決定，且被框住。

　　話雖如此，但是在筆者的思維中，宗教儀式不只被社會、文化兩結構限制，尚被「地球」、「宇宙」兩個自然界更大的結構框架住。另一種可能是，宗教與地球、宇宙兩者之間呈現互動關係，此時宗教不是被地球或宇宙所影響，反而它會影響了兩個外在結構。

　　當我們脫離這些大大小小的結構，宗教儀式只是一項表演的活動，已經不再具內在、深刻的解讀能力！因此，在韋伯的時、空脈絡外，應該用思考「結構主義」的變因。不僅如此，尚須跳脫傳統「虛無的」結構主義，而進入社會學式的「具體的」結構主義論述。當我們能作此反思，單一宗教儀式或比較宗教儀式的研究視野，就寬敞許多了！

○ 概念澄清

1. **結構主義**（structuralism）：社會學將社會、團體、組織、意識型態、制度都化約成為「結構」，而有此思想觀念者，稱為「結構主義」。由此類推，宗教或宗教概念下的儀式、組織、神譜、教主意識型態、信仰體系皆可視為大小不一的結構。再就結構主義的內涵來看，「凡有結構，必有其功能」、「功能萎縮，結構相對隨之萎縮」。換言之，結構與功能互為影響，研究者可將此理論視為假設，用來研究宗教或宗教概念下的次級概念。

2. **宗教儀式**（religious ritual）：在涂爾幹、韋伯對宗教儀式的論述，常視它們具有功能論，而在人類學中，特納（victor W. Turner, 1920-

1983）將儀式過程分為閾限前、閾限及閾限後，從中解讀儀式對人在社會中的各種「通過階段性」的意含。這兩類學者對宗教儀式的看法差異甚大，但都值得儀式研究者借鏡，視為理論假設。

3. 脈絡（context）：韋伯研究宗教，經常把宗教放置於「時間」及「空間」兩個脈絡加以觀察及詮釋。沃克、澤井義次則把宗教放在「社會」、「文化」、「歷史」三個脈絡加以解析。脈絡不同，作出的詮釋，自然就會差異，這些論者的脈絡詮釋觀，皆可引為詮釋時的參考架構。但是我們不能忽略宗教在上述各種脈絡之外，依舊受限於「地球」、「宇宙」兩個自然界的脈絡框架。

＊功課

1. 宗教儀式研究與結構主義的關聯？

2. 脈絡作為宗教儀式詮釋的主要概念，如何運用韋伯、沃克、澤井義次等學者的論述？

3. 宗教在社會文化的框架中，研究者如何理解這兩個脈絡與宗教的關聯？並進一步思考自然界與宗教的關聯？

Chapter2　如何收集資料

2-1 文獻法

2-1-1 論文書寫前資料蒐集的思維

　　研究生常問：「老師，如何蒐集資料？」、「資料與論文的關係是什麼？」

　　我常回應，書寫宗教學研究論文，應該先有「問題、理論」的提出，及「資料蒐集、處理」兩個階段。完成準備後，再思考如何運用資料回應問題，及把次級資料與原級資料彼此對話，或這兩項資料與理論對話。

　　先談問題及理論的提出，所有的研究不外乎處理那些研究問題群（questions）或想與那個理論對談、企圖突破那個理論。這兩個概念緊密連結，是一體兩面的思維。我常鼓勵初作研究的學生，思考選擇理論在前，挑選研究問題在後。至於優質的研究生，建議他問題可以走在前，再思考從中尋求抽象的概念、概念群，再與既有的理論對話，或建構新理論。

　　問題群常從主題引申而來，而主題又扣緊在理論或從現象發展出來。研究者會把理論想像成研究主題，再運用想像力，從主題細膩化為一連串的問題群，每個問題彼此相扣。但是，這些僅止於研究推動前的想像，在進行時，都可能隨著新資料的出現，而產生新的問題的變化。此時，研究者可採取彈性的思維，在既有的問題群中修正，刪除原先不合時宜的問題，增列值得細究的新問題。

　　其次，再談資料蒐集、處理。研究生在確認問題群或理論建構後，就可依此作出假設（hypothesis）及研究架構（research framework）。這兩個概念指引了資料蒐集的方向，甚至是作參與觀察記錄、深度訪談、焦點團體訪談的重要參考面向。

　　宗教學研究者常以人類宗教、社會的聖俗兩境為研究場域，進入鄉村、都市作調查。宗教人類學者喜歡用參與觀察記錄法及「無結構式」深度訪談法蒐集原級資料，宗教社會學者則擅長用「半結構式」或「全結構式」深度訪談法蒐集原級資料。

　　宗教人類學者雖然帶著「問題」下鄉作「田野調查」。但是，他採取「歸納法」的思維，從浩瀚的資料中，篩檢與自己研究主題相關的資料。反之，宗教社會學者則採取「演繹法」的角度，只在自己設計的研究框架中，蒐集資料；很少大幅度調整研究主題與問題群。

　　當資料回來後，研究者尚須逐字、句的登錄，如果是問卷，也得逐筆登錄 SPSS 的統計軟體中。登錄後，還得閱讀、比對、篩選資料，使資料分類、系統、條理化，賦予相對主觀的詮釋或解釋，讓資料回應問題之餘，將之抽離、轉化成「因果相連」的通則、法則或理論。

　　在這過程中，研究者應發揮敏感的直覺力、想像力，才能使沒有生命的資料活了起來。就詮釋來說，資料本身不會說話，是靠研究者替它說出其中的意義。就解釋來看，資料本身不會彼此勾連，而是靠研究者從不同的資料（概念）找出「因果關係」。

　　研究者於書寫論文前，就應該仔細閱讀、思考將記錄好的原級資料、次級資料，合理鋪陳在各章節中。當然，書寫論文本身又是一個大問題。如何寫出一篇思辯深刻、鞭辟入裡的好文章，又得發揮研究者洞悉、安排資料的創意力，及解讀資料的透視力。這些能力的展現，書寫的巧門，只好在下回另闢專文討論了！

○ 概念澄清

1. 資料（data）：資料分為「原級資料」與「次級資料」兩類。前者，是研究者將客觀存在現實世界中的現象將之採集後轉化；後者，則是圖書館既存的文獻、統計數字、新聞報導、研究成果及理論。研究者將這兩類資料比對，彼此相互檢證，才能突破既有的理論而建構或修正新理論。

2. 深度訪談（depth interviews）：社會學與人類學研究者都運用深度訪談來蒐集原級資料，社會學者善用全結構與半結構式的深度訪談問題，人類學者則喜歡採行無結構的深度訪談法。所謂「半結構」是指將既有的深訪問題，根據現場受訪者的回答再行追問新問題。至於「全結構」則是指根據研究者所設計的主題變項，及其相關聯的因果變項，規劃與之相吻合的深訪問題。而「無結構的深度訪談」，是指看到、想到什麼，就問什麼的聊天式的訪問。前面兩項的訪問，每次耗時約 1-2 小時，訪問數次或數十次；後面第 3 項的訪問，則須長期待在田野，隨時進行訪問。

3. 研究架構（research framework）：研究者在確認研究變項的問題群，或從理論發展出問題群後，就可建構變項間的因果關聯、假設，對問題群提出假想的答案，問題群及假想答案各自有其變項群，建構起「研究架構」。研究架構就是由相關的獨立變項、中介變項及依賴變項群所構成，它既是研究假設的翻版，也是指引研究資料蒐集的方向。確定研究架構，就確認了研究的問題、假設與範圍。

＊功課

　　1. 思考將原級或次級資料交叉比對，進行研究的論文書寫？

2. 將自己研究的主題轉化為研究架構，並指出其效果為何？

3. 根據自己的研究需求，規劃深度訪談的變項、問題設計？

2-1-2 如何作「文獻回顧」

研究生常問：「老師，如何作好文獻回顧？」我則回應：「欲寫出好的文獻回顧，就得先理解書寫它的『目的』是什麼？為何作此工作？」

掌握這幾項關鍵問題，才能處理浩瀚如海的文獻，萃取、抽絲剝繭前人的研究成果，轉為己用。事實上，書寫文獻回顧的目的，在於理解與自己研究主題相關的著作、理論、概念，至今為止的發展成果與樣貌。觀察學術界在此主題的研究發現，它們關心的重點、潮流、趨勢，及有那些成熟論點，又有那些不足之處。

研究生的論文第一章至少有一節，須要作「文獻回顧」，書寫與本主題相關的研究成果。企圖心強的研究者，常另闢專章，用較大的篇幅討論、臧否文獻中的理論趨勢，其優、劣限度，不足之處及與本研究的關連。

至於文獻如何回顧？常困擾初任研究生，在其研究過程中，往往不知如何下筆，才能寫出優質的文獻回顧。一般而言，研究生文獻回顧的書寫，十之七八皆沒到位，使得他們在此章節書寫成「流水帳」式的鋪陳，而非系統化的分析（analysis）、綜整（synthesis）或辯證（dialectic）式的論述。

研究者理解這項目的後，再進一步問自己，如何以其中的主要理論為基礎，用來與自己的研究主題對話。這是一般論文書寫的標準作業程序，口試或指導教授常提問，你所作研究的理論基礎為

何？你的問題意識與理論有何關係？

　　明白這些道理後，研究生挑選研究主題「前、後」，就須大量閱讀與自己研究有關的文獻。讀後，再評估研究主題的可行性。而其判定的基準大多是預估此研究能否補足過去研究之缺憾？或是本研究所選擇的新個案，是否能挑戰過去的理論？如是，則此研究就有進行的價值與意義，也具研究的可行性。

　　因此，研究者在作文獻回顧之前，須用自己的直覺與過去積累的知識，尋找與本研究有直接或間接相關的「關鍵字」，據此廣泛蒐集、閱讀、整理文獻。如果能夠挑選合理的關鍵字，就足以判定文獻蒐集的完整、周全。反之，挑錯了關鍵字，文獻就易鬆散、未能聚焦，回顧起來也不容易深入、到位。

　　然而，研究生作文獻回顧，又可以分為三個層次。基礎層次者，大部分只是對每篇文章作「摘要式」的陳述，再依序排列、書寫下來。作這類型的文獻，只是作研究的基本功，應屬最低階文獻回顧的寫作。

　　稍微優質的研究生，會將幾十篇的文獻，摘要之後作系統性的分類（classification）。每一類型包含幾篇文章，而且能作綜整式的書寫。這種寫法，已屬難能可貴，也展現研究生對既有研究的理解、掌握能力。

　　最上等的研究生，既作摘要、分類，也會用自己的思維貫穿整個文獻。他在分類後，讓這一範疇的文獻彼此對話，再用自己的理解評估其「理論限度」；甚至指出文獻的優劣，及與本研究的關聯。

　　依此類推，他讓每一類文獻彼此對話，對話完畢，再與研究生的思維對話。在書寫過程，既有分析式細膩的對話，也有綜整式整

體論述；甚至，有相互的辯證、推論後的書寫。

　　簡單的說，研究生最忌諱作沒有思想、靈魂的文獻回顧。他必須用自己的理解去掌握文獻的要點，再論述其中優、缺點。最後，補上自己的觀察點，或研究的想像，使文獻回顧生動、活潑起來。尤其，一流的研究生要善用天賦，發揮自己的理解力、比較力、判斷力，再書寫出來文獻。讓讀者在閱讀文獻回顧之際，快速理解到作者的理路，賞心悅目的享受作者系統性、條理性的寫作。

　　相對的，研究生應該記住，千萬別囫圇吞棗、死板式的摘要、整理文獻，作堆疊式的書寫。雖然精準摘要研究成果是基礎功夫，但是它離優質的文獻回顧，尚有一大段距離！

○　概念澄清

1. **分析**（analysis）：研究論文書寫不外乎展現研究者系統性的分析、綜整或辯證的論述能力。分析是指將一現象、事件、論述作「細膩式」切割，由一切成數個現象，再逐一深入的討論。它屬於「見樹不見林」的功夫，只針對某一棵樹木，逐段切片，理解樹根、樹幹、樹枝、樹葉，而且剖析它們的構造基本元素。研究者需要有此能耐，才能深入研究對象的本質、意涵、象徵或功能。

2. **綜整**（synthesis）：研究論文書寫的綜整能力剛好對應分析能力。綜整是指「化繁為簡」的功夫，將眾多的資料分門別類抓出相似本質的類型，由數十個現象轉化為數個類，或數個整合性的看法。它是屬於「見林不見樹」整合性的思維，可用在諸多論述之後的總結。每節、每章或整個研究的結論，都需要用此能力綜整出幾項具體的研究成果。

3. **辯證**（dialectic）：研究論文書寫的另外一種方式為蘇格拉底、黑格爾或馬克思的辯證式的論述。蘇格拉底的辯證是將既有的陳述駁斥，透過否定的過程，重新反思、尋找正確的陳述。黑格爾與馬克思的辯證稍微異於蘇格拉底，他們兩個認為在社會變動的力量中，存在正面的力量，也有反對正面的負面力量。這兩個力量相互衝突之後會結合出來新的正面力量，當新的正面力量，社會中又會凝聚反對它的負面力量，兩者又持續衝突，演化出新的正面力量。人類的歷史發展、社會變遷，就在有正、有反、正反相合的辯證中開展。論文書寫也可思考採用此模式，先鋪陳正面力量，再鋪陳反對力量，最後由研究者提出判定，整合出新的意見出來。

＊**功課**

　　1. 理想的文獻回顧如何書寫？

　　2. 如何選出自己研究的關鍵字，或關鍵概念？

　　3. 文獻回顧的書寫如何運用分析、綜整或辯證式的論述？

2-2 社會調查法

2-2-1 作宗教調查的思路

　　應中國社會科學院世界宗教研究所之邀，我將這幾年下鄉作宗教調查的思路，從「方法學」（Methodology）的角度切入，與讀者分享筆者些許的田野心得。

　　「禮失求諸野」，是孔子在 2500 年前作學問的基本想法，他深深啟發我下鄉作宗教調查的基本態度。同樣的，要理解當代漢人宗教的真實樣貌，也得學習太史公深入民間社會，採集風俗，才能書寫類似《史記》的偉大宗教作品。這兩位前賢在田野調查之路，

已經作了示範。筆者認為在其基礎上，應該再加上「理論」、「方法」及「態度」三個視野，才能作好田野調查的工作。

以巫者為友

筆者最近幾年投入漢人宗教的神譜學、儀式學及組織學等領域的研究。為了理解當代台灣民間宗教各類型的巫者，以「人同此心，心同此理」的謙卑態度，與他們結交，才能深入基層獲得相對真實的「經驗資料」。

我們應該拋棄研究者高高在上的態度，平等看待巫者，才能化解他們的心防，進而贏得他們的信任。之後登堂入室，參與觀察民間宗教中的「祭解」、「辦事」、「扶鸞」、「收驚」等儀式。

社會科學家與自然科學家最大的差異在於對被研究者的高度尊重，以平等的態度看待各種宗教文化現象。儘管巫者表現出「科學家」看來是「怪力亂神」或「荒誕不堪」的各種現象；當我們深入其境時，也只能告誡身旁的研究生應該專心、客觀、詳實的記錄，而非鄙視巫者的行為，甚至挑戰他們的作為。因為這些宗教現象活生生的存在於當代漢人社會、文化的脈絡中，仍然有待我們給予合理、且深刻的解讀。

比較觀察視野

筆者深信「只知其一，一無所知」的宗教研究前提；為了掌握宗教現象的本質，經常得採用比較視野。當選擇某一主題作下鄉考察時，盡可能在做完個案研究後，進行同性質的多個案的比較研究。

以禮斗為例，筆者作完「儒宗神教」的禮斗科儀，持續理解道教、佛教神職人員在不同宮廟操作此儀式。唯有廣泛的觀察、記錄

跨教派的禮斗儀式，並將之比對歷史文獻，才可能釐清此儀式的變遷、多元樣貌的原因，及其背後的原因。簡單的說，個案研究為比較研究的基礎，比較研究則為理解宗教變遷及全貌的礎石，也才可能從比較研究中萃取、化約、推論出合理的宗教學理論。

結合觀察與訪問的方法

　　每次下鄉作宗教考察，經常懷抱著孔子「入太廟每事問」的心情，他也曾問禮於老子李聃，追根究底禮的內涵。我們現在思考孔子當年的心情，或許應該理解他在觀察社會現象之後，再提出合理的詢問，他是把參與觀察法及深度訪問法緊密結合。

　　我平時指導研究生，告誡他們進入到宗教田野現場時，除了一五一十的記錄 5W1H（What、Who、When、Where、Why、How）外，也應該帶著觀察後的疑點，尋找「關鍵人物」或「關鍵消息來源者」（key informants）詢問。這種結合參與觀察與深度訪問的田野方法，將可蒐集到相對寶貴且深刻的資料。

以既有的量化資料作為田野調查的切入點

　　除此之外，善用既有的量化資料（quantitative data）成果，當作田野調查的主題切入點，應是不錯的宗教研究策略。從知識積累的角度來看，這些統計數字、政府報表、學者調查的數據，都可給我們諸多啟發。

　　以台灣中央研究院「社會變遷調查資料庫」的量化資料來看，它是宗教研究者不可或缺的參考材料。筆者觀察這二十年來台灣地區民眾「安太歲」的比例，從 30％上升 65％，就決定投入本地安太歲的「類型研究」。

　　相反的，在這項資料庫中，從未調查台灣地區民眾常見的點燈、聖誕、犒軍、拜門口、初一十五誦經、普度、補財庫及祭解等科儀，也讓我們重新反思應該花心思或組織團隊投入這些「庶民」的日常科儀研究。

用經典、文獻比對田野資料

　　宗教研究不能離開歷史，也不能忽略歷史中的宗教現象，而這些資料往往記錄在宗教經典或各類的宗教歷史文獻。當我們下鄉投入宗教調查時，理應事先理解與研究主題相關的經典、文獻或歷史資料。而在調查之後，也可以再回過頭來收尋、補足未盡周全的資料。

　　筆者曾經投入「禳星」（祭星）的研究，在相關寺廟調查過程中，發現此儀式存在於台北行天宮、台北大龍峒保安宮、臺疆樂善壇等宮廟。除了考察、記錄此儀式流程外，也蒐集到二次戰後在台灣地區經由扶鸞儀式創造出來的《玉樞涵三妙經》、《九曜星君祭化命宮真經》。將之比對從周朝以來華夏民族對星神崇拜的歷史資料，及交叉核對唐、宋、明三代，祭九曜、祭十一曜等相關經典。發現到了當代的祭星儀式，各宮廟有其特色，與傳統相較，變遷幅度不一，而其主要的變因在於執事者對祭星儀式的宗教理解。

帶著理論下鄉考察

　　人類學家經常採用「無結構式」的深度訪問，希望在訪談過程中廣泛蒐集資料，再化約成有意義的「概念」，或勾連概念間的關係，建構具解釋力的「理論」。這項調查思路與理論建構，是一般社會科學家「作開創性研究」不可或缺的基本想像。

　　然而，對後進的宗教研究者而言，此思路操作起來難度頗高。筆者乃建議研究生逆向思考，採用「後實證主義」（post-positivism）的研究思維，大膽懷疑既有理論的完美性，抱著知識「易誤論」（fallibility）的立場，將理論與田野調查的「個案」或「個案群」詳細比對，或可重新建構、修訂原有的理論。

　　以日據時代岡田謙創造的「祭祀圈理論」，之後許嘉明及林美容等人持續引用此理論討論台灣宗教現象及其背後的人力、財力、物力基礎。然而在當代台灣社會高度都市化之際，帶著此理論下鄉考察「丁口錢」、「神明會」、「祭祀圈」是否存在時，發現它的解釋力已經急遽消失中。尤其在都市化程度高的廟宇，祭祀圈逐漸萎縮，或只有型式上存在，甚至部分祭祀圈皆已消失殆盡。

下鄉作田野的志業

　　下鄉作漢人宗教的田野調查，是一條有趣、卻也艱辛漫長的學術道路。遙想孔子當年周遊列國，或許他也有此心境。在旅遊之際，用心觀察，仔細思考人世間的道理，進而建構他的思想體系，引起諸多儒家弟子的跟隨，建構了儒學或儒教。今天我們下鄉作宗教調查，並以此為志業，不是要建構類似孔子的人文學說，而是希望對祖先代代相傳的儒、釋、道及巫的宗教活動及全球的宗教現象，作質化、量化的「詮釋」（hermeneutics）或「解釋」（explain）。

　　不僅如此，也要運用田野調查資料，比對西方學者以基督教背景作出的諸多宗教學理論。而非僅引用西方理論，用來解讀東方的宗教現象；相反的，我們應該抱持著謙虛的心情，理解這些理論之餘，也要大膽挑戰其「局限性」，進而建構出合理的「多元」、「多神」、「多鬼」信仰的東方宗教學術。

◯ **概念澄清**

1. **方法學**（methodology）：「狹義的方法論」是指量性與質性資料的蒐集及書寫，廣義的方法論則是指一套系統性的方法思維，含蓋研究設計、主題篩選、資料蒐集、論文書寫、理論建構等科學哲學的想法。作宗教研究，應該擁有「廣義的方法學」修養，必須熟悉宗教學理論、思考研究問題及擁有科學家的態度。與自然科學家稍微不同的是，必須以人同此心，心同此理來面對被研究對象。其中，對實證主義、後實證主義、詮釋主義、批判主義或實存主義等科學哲學基本論述，皆仍熟悉運用在研究設計上。

2. **比較觀察視野**（comparative observation orientation）：「只知其一，一無所知」，為宗教研究者的基本信念。因此，研究者必須經常採取比較觀察的視野，對自己研究主題作社會、宗教、田野調查時，才能完整獲得相對合理的資料。唯有從比較觀察記錄，才能見樹又見林，掌握相似宗教的類型或法則，而這也是科學家的研究目的。

3. 5W1H：新聞記者面對新聞採訪事件時，必須將之切割為 5W1H（What、Who、When、Where、Why、How）；這項作為也可引入研究者在作參與觀察或深度訪談的宗教研究中。其中的關鍵在於記錄、訪問「關鍵人物」或「主要消息來源者」，而非隨意的「有聞必錄」路人甲、路人乙的訪談，才能避免蒐集不具效度的資料。

＊**功課**

1. 如何運用方法學作自己的研究設計？

2. 為何要帶著理論下鄉作參與觀察記錄或深度訪談？如何運用經典、文獻資料將它們用來比對社會、宗教或田野調查回來的資料？

2-2-2 理論與調查：參與觀察記錄法（1）

當研究生問：「老師～宗教研究都需要作參與觀察記錄嗎？如果需要，如何進行？」

我經常回應，得看選擇那一學科領域。如果是宗教哲學、神學、倫理學等人文學科，只須在圖書館用功。如果選擇宗教人類學、宗教心理學或是宗教社會學的主題，則有必要運用、操作此法收集原級資料（primary data）。

其中，宗教人類學者的參與觀察法，習慣性不帶「理論」思維下田野。到了研究場域，常運用「無結構式」的思維。採取看到什麼就記什麼的立場，企圖從龐雜的現象中，轉化為「粗資料」，再從中化約、抽離，抽象化成有意義的「概念」或「概念群」。

至於，宗教社會學者習慣性的帶著「理論」思維到研究場合。採取預先設計好的「理論框架」，再腦海中引申出來「結構式」或「半結構式」的問題。依此，選擇式的記錄與理論相關連的資料。當然，宗教現場可能會出現與理論相悖離、或溢出理論有意義的活動，也可一併收集、記錄成資料。

由此來看，宗教人類學者作的是從無、到有，作的是建構新個案、新概念、新理論的工作，勢必須要長期待在田野，進行參與觀察記錄。才能從浩瀚如山的資料中，疏理概念間的彼此關係，進而提出合理的解釋（explanation）。

相較之下，宗教社會學者就選擇比較簡單、快速的研究路徑（research approach），從既有的概念、理論出發，在其指引下，選擇一個或數個個案（small-n cases），從此調查場域作觀察記錄。作完後，比對研究個案與既有理論的差異，就可修正舊理論，達到「精

緻化理論」積累知識的效果。

因此，我常鼓勵時間有限的研究生，選擇後者。當我們師生一行人來到基隆代天宮，參與觀察秋季禮斗法會，最後圓斗的「普施」儀式，只能在短短的 2.5 小時中，作合理的參與觀察記錄。以「宗教儀式功能論」為理論框架，引導研究生先思考整個普施的儀式，有那些「功能」？再進一步觀察普施的各種「鉅細靡遺」的軟、硬體。

在「大的場景」部分：首先看普施儀式在宮廟的「那些場域」舉行？法事在「廟埕」，還是「廟內」辦理？場域中有設置什麼「壇場」？那個有拜神？那個供養鬼？有多少「供桌」？如何擺設？這些都要拍攝、繪圖，轉化成記錄資料，並思考其表現的「特質」與「功能」。

而在「細膩的場景」部分：我們必須「觀察入微」，記錄壇場內的各項「佈置」。記錄「供桌」、「牌位」、「招魂幡」、「布幔」等樣式？陰、陽兩個「壇場」，各由那些「神祇」主持？書寫了那些「疏文」、「牒文」？

在「人員參與」部分：是由那一個道教教派主持法事的「道士團」？多少「前場」、「後場」人員？「老師」是誰？或多少「信徒」參加禮斗？由「誰」、「多少人」參與跟拜？總斗首、斗首、副斗首各是誰？他們作什麼事？

在廟方「管理階層」部分：由誰主持？為何在「恩主公」廟選擇道士團？又為何由佛教轉變為道教的法事？廟方動員或帶領組織內的那些「志工」、「經團」投入？成員名單？

在「儀式」部分：用什麼道教「音樂」表現？誦讀那些「經咒」、

「經懺」？儀式流程中，用那些「法器」？道士如何「持手印」？供桌上有那些「供品」？及道士團與跟拜者的「互動」？主法道士如何「變身」為太乙救苦天尊？

　　同樣的，上述各項細節記錄，也都與「功能」概念連結，參與觀察、記錄時，將之貫穿整個儀式過程。

　　而當研究者參與觀察記錄過程，如果有不清楚之處，尚可結合「深度訪談法」作即時訪問。尋找廟方執事、道長、志工、信徒等關鍵人物（key persons）作訪問，才能深入理解。

　　因此，研究生在作參與觀察記錄時，需要擁有、培養敏銳的「直覺力」（intuition capabilities），採用隨時看隨時問，看不懂時立即問的方式，就可解現場觀察之謎津，深入理解未明之處。

　　直覺力尚且可運用到「理論的選擇」。雖然在現場的觀察記錄，我指導研究生以「功能論」作參與觀察、記錄進行時的「參考架構」；但是，我們也可以思考採用其他合適的理論，作為資料蒐集的起點。

　　當然，初任研究生時，其「理論素養」相當有限。這需要自己平時常關注過去及當代的「宗教學理論」，才能建立融會貫通的「理論視野」，選擇理論作為觀察記錄法實踐的基礎。

　　如果廟方或研究生擁有長久的禮斗資料，或許可以考慮採用「變遷論」。如果再作民間宗教宮廟、恩主公信仰系統，分別採用道、釋、儒宗神教神職人員主持的禮斗，就可思考「比較視野」的「融合論」。當然，如果研究者觀看到「宗教領袖」在禮斗扮演重要角色，「菁英論」則是不錯的選擇。

　　簡言之，理論的運用合理與否，端視研究者的直覺及現場的宗教行為而定。理論常是行為的另外一個面向，它也是行為的抽象化

的結果，並且對行為具有解釋力。

　　它須要靠研究生在宗教現場作參與觀察資料的收集，將之化約、分類、判定後，再作合理的選擇。另外一途徑是，依此理論建構「命題」、「假設」，再下鄉作調查、為蒐集資料。

○ **概念澄清**

1. **數個個案**（small-n cases）：就科學研究來看，個案常是研究的基礎，數個個案則是研究的進階版，大量的個案（large-n cases）為高階版的研究。以研究的難易度來看，個案研究容易、數個個案稍難、大量的個案最難。再以研究的解釋力來看，個案建立通則，解釋力僅止於它自己本身，或可當作未來數個個案或大量個案的研究假設；數個個案建立法則，解釋力稍高，也可當作比較研究或大量個案的研究假設。至於大量個案，經常可作出解釋力高的理論。上述三類的通則、法則及理論，皆是人類知識積累的礎石。

＊**功課**

　1. 自己規劃與研究主題相關的參與觀察面向？
　2. 思考將理論帶到參與觀察場合，在行前作出與理論有關的參與觀察問題？
　3. 到宗教儀式現場，運用直覺力比對現象與理論的差異？

2-2-3 問題與調查：參與觀察記錄法（2）

　　今年（2020）逢秋季禮斗法會期間，特別安排、指導研究生到淡水五聖恩主廟行忠宮作「參與觀察記錄法」的學習。感恩宮主黃德利及鸞生的接待，讓大夥學習順利，收穫滿滿！

　　我解說時，研究生皆相當認真作觀察記錄。最後留 1.5 小時，大家與廟方的資深鸞手葉阿程、顏正直法師訪談，詢問禮斗法會的相關問題。

　　我以為參與觀察記錄法是社會科學家收集資料的重要方法；偶爾，極少數的文學家、史學家也用它來收集、處理資料。如果將它與訪問法結合，足以發揮強大的功效！

　　早在周朝，孔子就結合用這兩種方法，在觀察太廟祭祀，居家喪葬殯婚，兩國往來等「禮儀」；再問禮於老子；或入太廟每事問。建構他在《周禮》中「**以吉禮敬鬼神，以凶禮哀邦國，以賓禮親賓客，以軍禮誅不虔，以嘉禮合姻好。**」的五種論述。

　　到了西漢，語言學家揚雄派出乘坐輕車的使者（輶軒使者），到各地方採風，以一邊聽、一邊問，再作記錄的方法，是最早系統性的「語言學」研究。最後，他將資料寫成《方言》一書傳世。

　　與他類似的是太史公司馬遷，他也到處觀察、採風及訪問耆老。寫出《史記》這本曠世佳作，為後世漢人書寫朝代史立下典範，鮮有望其項背的史家。

　　前賢無師自通，憑「直覺」觀察、訪問、記錄，再把資料分門別類、系統化後作論述書寫。在這過程中，「直覺」是老天爺給研究者的珍貴資產，在作「參與觀察記錄」、「訪問」時，它是必備的天賦，千萬別辜負、擱置不用。

　　其次，參與觀察、記錄是兩個概念，要觀察什麼？要記錄什麼？觀察到的現象或行為，不見得都記錄到；就像是記錄下來的資料，也不見得會書寫成論文的篇章一般。

　　不過，我以為：當研究生沒有「問題意識」腦袋宛如一張白紙

時，就很難下鄉、到社會（研究場域）作調查。相反地，當他有了「問題意識」，就比較容易在其指引下，作與其相關性「現象」、「行為」的觀察、記錄。

簡單的說，有「問題意識」，或由此「發想」出一系列的小問題，再作參與觀察記錄；遠比沒有好。但是，有時候不太可能事先設想到太精細的問題；而是到現場觀察現象後，才會得到「靈感」，而有新的「發想」。

當研究生有了「研究主題」後，就須要選擇合適的「研究場域」進去作觀察、記錄。即是自己要先尋找與主題相關的「一個個案」或「幾個個案」。此時，也就確認了「研究對象」。

當我們來到現場作「觀察」、「記錄」時；除了抱持尊敬受訪者、受訪空間、觀察的現象或行為外，尚得養成一項重要的觀察、記錄能力。把此能力與直覺連結，內化成研究者的人格特質。

研究者像新聞記者，擁有採訪熱點話題的敏銳度，依此採集與研究主題有關的「人、事、時、地、原因、如何作」等資料。也就是蒐集 Who、What、When、Where、Why、How 等「5W1H」。

此時，Who 指有那一個人？或那些人？他（他們）各扮演什麼角色？如何互動、分工？

What 指有那件事？或那些事？其輕重緩急各為何？與其他個案相比，有那些事相同？又有那些事不同？

When 指何時？有那一個時間點？或是那些時間點？與過去相似的事件，其時間相關性或差異性？

Where 指在那裏？有單一空間？還是多個空間？其神聖、世俗場域，各在那裏？在什麼空間作什麼事？

Why 指原因是什麼？有多個原因？還是單一因素？有關鍵因素？

How 指如何進行？進行的順序？與其他個案的進行、過去雷同事的進行作比較，觀察它倆有無變化？

新聞記者有一敏銳的「新聞鼻」，像忠於人民的靈犬一樣，一嗅「事件」就知道它是否具新聞性。同樣的，研究者也要有銳利的「研究眼」，一觀察「事件」就知道它是否具研究性，而值得記錄。

這 5W1H，既可各自獨立理解；也可彼此勾連觀察。其中，Why 尤其重要；研究生要探索現象之外，更須論述「凡是現象，必有其因」。對因、果討論清楚，就是一篇好論文。

最後，如果到了「研究場域」，用眼、用心觀察現象或行為，如有不懂處；就可以立即「不恥下問」！

永遠記住「參與觀察記錄法」可以結合「深度訪問法」，所蒐集到資料，經常可以帶給研究者莫大的驚喜。

從未知到漸知、已知的領域，此新資料或許可以提供研究者，作出前所未有的新論述。新的理論，或可油然而生。

○ **概念澄清**

直覺力（intuition capabilities）：所有的研究都須靠上天賦予人類的直覺能力，這是人與動物的差別，對少數研究者而言，它益顯得重要。研究者運用「純淨而專注的心靈」看待研究的事物、現象、行為，擁有比他人更敏銳的觀察力、洞察力，常可看透現象的本質或現象間的因果關聯。直覺的效果，常給研究者帶來不可思議、具創意的研究假設，而有先見之明（evidentia）之感。

＊**功課**

　到宗教儀式現場，運用直覺力比對現象與理論的差異？

2-2-4 選定「深度訪談」的對象與題目

　　用社會調查法作宗教研究，有多種深度訪談方式可以選擇，研究者應該視研究時間、經費、主題性質、受訪對象，擇 1 ～ 2 種訪談方式，尋找合適的對象作訪談，蒐集原級資料。

　　宗教研究主題對象不同，深度訪談方式差異頗大。如果為宗教領袖、神職人員、學者，屬於「菁英」階級，頗適合「一對一」的深度訪談。如果是一般信徒、志工，則屬於「普羅」階級、「一對一」或「一對多」訪談。

　　在有限的時間內，為了快速獲得資料，研究者不妨採取「一對多」的深度訪談策略。筆者曾在 2000 ～ 2003 年暑假期間，到中國大陸作「當代宗教政策變遷」之研究主題，對不同地區的宗教團體執事幹部，就採此策略，獲得不少寶貴的一手資料。

　　無論是「一對一」，或是「一對多」的深度訪談，研究者都應該抓住問題意識，規劃具「結構性」或「半結構性」的深度訪談問題，在它們指引下依序提問，或「見機行事」增加提問新問題。

　　如果接受國家委託，研究難度較高的主題，且有較充裕的經費，研究者可思考召集「專家會議」，或運用「德費法」，邀請專家與會，或設計兼具質性／量性的德費問卷，藉此蒐集菁英的認知資料。

　　專家會議的調查法，尚得注意人數控制在 3 ～ 5 人，在 2 小時的期間，讓專家暢所欲言。不只如此，選擇的主題最好是專家熟悉

的議題。例如「宗教政策」的估計或規劃，可請宗教學領域的學者，宗教政策的規劃者或執行者，及與此有關的宗教領袖，請他們就研究者規劃的面向提出意見。

筆者在政府委託的「新宗教審核指標」之研究，就曾召集 5 場專家會議，每場邀請 4 ～ 5 名學界、政界、宗教界的專家與會。編列 4 ～ 5 萬預算，每名每場出席費 2000 元，就可禮聘 20 ～ 25 名專家出席。

在 1 場長達 2 小時的會議，請專家逐一對新宗教應該擁有「組織」、「信徒」、「宗教場所」、「經典教義」、「儀式」、「神明」、「宗教福利」等指標，提供其見解。並且，從大量的資料中，將之系統化，詮釋其意義。

反之，沒有充沛的經費又沒有人脈支援，最好選擇信徒的「宗教經驗」，參與的「宗教儀式」，群體的「宗教組織」活動等主題。研究者比較容易挑選具「熱情」的信徒或志工，作「一對一」、「一對多」訪談，或「焦點團體法」的訪問。

筆者曾指導研究生作「某佛教團體委員的皈依及組織認同」的研究，為了快速、大量獲得資料，規劃 7 ～ 9 場「焦點團體法」的訪談。邀請北投地區的某佛教團體委員，請他們現身說法，道出自己的的宗教經驗與宗教認同情感。

每場邀請 5 ～ 6 名委員與會，圍在圓桌發言。由研究者發動提問，第一場的問題扣緊皈依的原因，讓與會者在筆者的引導下，逐一表示意見。每個問題皆可請委員盡情發言，直到問題結束，計約費時 2 小時餘。

蒐集第一場的資料，立即登錄「逐字稿」。再由筆者從中尋找

有意義、值得開展的問題，作為第二場「焦點團體法」的訪談題目。再度邀請 5 ～ 6 名委員與會，依序表示意見，也費時 2 小時餘。

　　依此類推，持續作到第 5 場「焦點團體」訪談。但因本研究未經某佛教團體管理高層同意，而被要求停止剩餘的 2 ～ 3 場訪問。本研究基於尊重受訪者的立場，只好戛然而止。不足的某佛教團體委員組織認同資料，再用問卷調查補強。

　　由此看來，每種深度訪談方式，各有千秋。筆者以為研究生可挑選最經濟的「一對一」訪談。其次，或許也可作「一對多」的訪談。至於，需耗費較多金錢，及較成熟研究經驗的「焦點團體法」、「專家會議法」或「德費法」，就留在以後的委託研究吧！

○ 概念澄清

1. **訪談對象**（interviewee）：研究者要作質性調查時，必須選擇「關鍵人物」或「關鍵消息來源者」當作訪談對象。無論是「一對一」或是「一對多」的訪問，都要尋找對研究主題有幫助的人員作訪問。一般而言，根據研究主題的社會階級屬性，如果是上層菁英研究，訪談的對象聚焦於政治、宗教、社會領袖，或領袖身邊的重要幹部。如果是中產階級、普羅階級屬性的主題研究，就可選擇研究對象團體中代表性的人物即可。訪談對象的選擇，決定了原級資料的效度；錯誤的訪談對象，無助於研究主題的探索。

2. **專家會議法**（expert meeting method）：專家會議是承接政府或國家級研究常採用的方法之一。透過邀請研究主題相關的專家學者與會，根據研究者設定的討論方向、議題，可以快速、有效的掌握專家的知識、經驗或意見。對一般研究生而言，採用此方法需耗費金錢；

大部分指導教授不建議研究生執行此法。但是，如果作量化研究或研究生有一定的經濟基礎。前者可用專家會議法來判定問卷的效度，稱之為「專家效度分析」，避免問卷的偏差。後者，研究可用此法邀請合適的專家貢獻其意見，也可幫助主題資料的蒐集。

3. **德費法**（delphi method）：此法是質性、量性混合的研究法，在一份「德費法」的問卷中，常要求受訪者根據研究者的主題面向、問題，書寫自己的意見。而且，也會在問卷中設計部分量性問題，讓受訪者填答。

＊功課

1. 根據自己的研究主題，設定深度訪談對象？
2. 虛擬自己的研究主題，說明、規劃「一對一」或「一對多」的深度訪談問題？

2-2-5 深度訪談法（1）

深度訪談法是宗教人類、社會、心理學等學科領域，常用的蒐集原級資料（primary data）法，它可深入參與宗教現場者的內心，蒐集到的一手資料，將影響到未來論文書寫的基礎及內容。

然而，要作好這調查工作，需要幾個條件配合。研究者得廣泛閱讀與主題相關的文獻，他也要到宗教主題場所觀察，尋找深度訪問的問題點，再加上研究的直覺力與想像力，才能設計相對完善的訪談問題。一般而言，宗教社會學者或宗教心理學者，喜歡在既有的「研究架構」、「假設」、「問題群」的指引下，作深度訪談（deep interview）問題的設計。這三項概念，彼此環環相扣，而且可以用它們再度扣住具體的開放式深訪問題。

　　同樣是深度訪談法，卻有不同的思維。宗教社會、心理學者常運用演繹式思維，從研究成果、理論出發，從中萃取研究假設及主要概念；預先準備、設計具有「效度」的全結構、半結構訪談問題。

　　至於宗教人類學者則用歸納式的想法，直覺性的到田野現場，用無結構的訪談、閒話家常的方式，看到什麼就問什麼，廣泛、大量的蒐集粗資料。他們偶爾有理論的指引，大部分是無理論前提，作深度訪談。

　　兩種深訪都需要篩選具關鍵地位的人物（key persons）及主要消息靈通人士（key informents），作為訪談對象。由研究者根據研究的效率、時機、對象、場合或主題的特性，選擇「一對一」、「一對多」、「專家會議」、「德費」或「焦點團體」等方法的訪談。

　　問題是，如何規劃具「效度」的訪談問題？不少研究者對此並不在意，誤認深度訪談問題隨便提問即可，無須與研究主題勾連。果真如此，他將犯下「事實跨大主義」的錯誤，蒐集取得與本研究主題無關或相關性不強的原級資料。不但浪費受訪者的時間、經驗，而且也無助、不利於研究的開展、發現及論文的書寫。

　　因此，研究者要謹慎操作、設計具效度的「結構式」、「半結構式」訪談問題，用它來回應「研究架構」、「假設」、「問題群」。千萬別以為這是簡單的工作，進而「想當然爾」的任意、便宜行事，自由設計深度訪談問題。

　　至於如何設計深度訪談問題的內容？筆者以為研究者至少要掌握研究主題「本身」、「來龍」與「去脈」三個關鍵「問題概念」。針對「它」，規劃合理的開放式深度訪問的「問題群」。

　　有些問題概念，文獻已經闡述清楚，就無需訪談。研究者要作

的是探索受訪者對宗教主題的「認知」、「態度」、「情感」、「經驗」、「理念」等內在的世界。這些內在世界，又可以切割為「過去」、「現在」及「未來」三個面向。端視研究者的企圖，及研究主題規劃而定。

要有幾道深度訪談的問題，代表研究架構、假設中的「問題概念」才合理？我認為並沒有標準答案。應該是依研究主題或個案選擇來判定。在宗教學研究中，只要論及「原因」及「效果」、「功能」的探索，大部分是「多個」原因、效果及功能。這種「多因單果」、「單一多果」或「多因多果」的變數，決定了訪談面向。

因此，研究者不妨把可能的原因、效果，事先規劃成多個訪談問題，再依此深入追問相關人士的見解，或許可訪問出不可思議的答案來。不僅如此，研究者在訪談過程中，要仔細聆聽受訪者的回應。如果發現「新疑點」，研究者的直覺認定有必要追問，此時，立即提出新的問題詢問受訪者，以便挖掘更多的新事證。

由此看來，半結構式的深度訪談問題設計，將優於全結構的深度訪談。研究者宜採取開放的態度，隨時提新問題，探索未知的世界，修正、豐富原有的研究假設。

然而，我們也不能否定全結構的深度訪談，在作大規模的跨區域、多個案的宗教調查，為了取得相似性的資料，就會用到它。尤其是國家型的宗教現狀調查，結合它及封閉式的問卷，才能蒐集有用的原級資料。

設計一份優質的深度訪問問題，就像規劃一把優質的量尺（scale），難度雖高，但是，我們仍然可以勝任、化解。只要稍具研究經驗的研究者，他見多識廣，可參考、複製、移植過去優質且

具效度的訪談問題。我們可以根據研究主題的特殊性，增加或刪除其原有問題。

當然，這些系統性的深度訪談問題，「萬變不離其宗」，須扣緊在研究者的假設、想像世界。每個主要問題、概念，可規劃 3～6 個深度訪談問題。依此類推，如有 5 個主題問題，則至少可設計 15～20 個深度訪談問題，才能窮盡研究者的主題。

如果研究者被受訪者拒絕接受深度訪問，則可用備選人士訪問。其中，深度訪問資料不足時，或許可尋找相關人士的文獻資料取代。研究者只要在「相對窮盡」概念下，蒐集有限的資料，應該可用它們來書寫研究論文。

○ **概念澄清**

深度訪談問題（deep interview questions）：設計具有效度的深度訪談問題，將有利於研究者主題「原級資料」的蒐集。為了避免深度訪談問題「離題」，研究者必須思考它的主題研究相關的變數及問題群。研究者不能天馬行空式的設計訪談問題，而是在研究架構指引下，提出合理的深訪問題。

＊**功課**

根據自己的研究問題，規劃一份深訪問題？

2-2-6 深度訪談法（2）

指導研究生作各種主題類型的研究，「深度訪談法」是蒐集「原級資料」的重要方式之一。可以用此法來檢驗、挑戰「舊理論」；或是探索未知領域，建構「新理論」。

　　事實上，我常鼓勵研究生在下鄉作調查、研究前，定先要觀察現象、閱讀相關文獻，再憑自己的研究「直覺」，挑適合對話的「理論」，再擇合適的研究「主題」。

　　其次，根據想像或設定的主題，確認研究「變項」、定「研究範圍」、作「研究假設」。最後，思考其間的關係，再作合理的、聚焦的「訪談問題設計」。

　　前先日子，我二度帶領研究生來到淡水「中華聖教五教聯合總會」參訪。此次選「新興道場的出現」及「神通」為主題。我作深度訪談的示範，非常感謝該會總會長李聖才居士——優秀的通靈者，坦誠以告，知無不言，言無不盡。

　　我把第一個主題，聚焦在下列幾個問題：

（一）初設

1. 此道場建設非常昂貴，有多大？花費多少？如何籌辦？

2. 在此設立道場，當初如何擇地？有看風水沒？

3. 如何規劃？何時規劃？何時完成？獨資？

4. 有多少信徒？師父除了是您以外，還有誰？

（二）原因

1. 請問您是什麼「機緣」設立道場？您設立道場的「初衷、想法」是什麼？與什麼樣的宗教情感有關？

2. 為什麼叫「中華聖教五教聯合會」？

3. 為何刻這麼多神明？是您的想法？還是有其他因素？

（三）功能

1. 您認為此道場現在有發揮那些功能？

2. 此道場有辦事？有神佛聖誕、法會？有講道嗎？

3. 此道場頗適合打坐，有教授坐功嗎？

（四）展望

1. 您對中華聖教五教聯合會或本道場，未來的期待是什麼？

2. 您對中華聖教五教聯合會在「宗教慈善」、「社會教化」、「宗教教育」等志業，有什麼看法？或是尚有其他想法？

第二個主題，則設計訪談問題如下：

（一）機緣

1. 什麼機緣下接觸宗教？

2. 什麼機緣下有了神通？幾歲開始？

3. 是誰教您神通？神明教的嗎？還示自通？

4. 第一次神通時，您的感覺是什麼？見到、聽到神？

（二）宗教經驗

1. 神通有什麼準備功夫？

2. 通神當下，要打嗝？還是其他動作？

3. 您有恍惚？亢奮？

4. 神通時，你有知覺自己的存在？還是借身體給神佛？感受到那些神明來？

（三）濟世

1. 如何用神通為信徒辦事？在那裏辦事？

2. 辦事前的準備？要不要靜坐？

3. 用什麼法器？有畫符？給藥？給意見？

4. 如何為神開光？

5. 辦事當下有無「桌頭」協助？

6. 採取什麼方式辦事？預約？隨到隨辦？

（四）效果或影響

1. 您覺得辦事的效果如何？有沒有追蹤記錄？

2. 您覺得神通對您自己產生什麼影響？

3. 您覺得神通後，對家庭、社會有什麼影響？

短短 3 個半小時的參觀、訪談，李居士快樂的回憶往事，暢所欲言。當他話匣子一開，闡述、分享他的宗教經驗。他從無神論者，轉化成通靈者，這種少數人才有的「神通」心路歷程及人生際遇。

「聽君一席話，勝讀十年書。」讓我們對他的道場興建，他的神通經驗，及「中華五教：儒、釋、道、一貫道、彌勒」的設置，有了初步的理解。我估計研究生此行，或多或少皆有些收穫！

○ **概念澄清**

量尺（scale）：質性研究的深度訪談者，可以思考運用量性研究的「量尺」概念，讓設計出來的深訪問題，像是一把可以衡量團體、個人的內在感受或意向。「量尺」是指衡量事物、具有刻劃與程度的工具，所有量化研究者都把問卷問題當作量尺。至於質性研究者，可平行移轉量尺的概念到深訪的問題來，才能深刻理解受訪者的意見。

＊功課

規劃一份與宗教儀式相關主題的深訪問題？

2-3 問卷調查法

2-3-1 如何運用問卷調查法

當研究生問：「老師～如何設計一份問卷？」我常回應：「大

哉問,沒有深厚的理論思維、廣泛的相關主題研究的問卷分析及細膩的現象觀察,很難設計一份好問卷!」

只要是宗教學研究,鮮少不做「田野」調查,或不到宗教場域做宗教主題「社會」調查。然而,如何做這兩類調查,蒐集原級資料(primary data)?將影響到未來論文的書寫。

一般而言,宗教社會學者或宗教心理學者,喜歡在既有的「研究架構」、「假設」、「問題群」的指引下,做問卷調查(survey)的問題設計。前三項概念,彼此環環相扣,再用它們扣住具體的、封閉式的問卷題目。

這種蒐集資料的方法,都得預先準備,設計具有「效度」的問卷量表。再輔以隨機抽樣、分層隨機抽樣或普查方法,選出代表母體的樣本對象或母體本身填寫問卷。問題是,如何規劃具「效度」的問卷?不少研究生對此並不在意,認為這是簡單的工作。果真如此,他將犯下「事實跨大主義」的錯誤,蒐集取得與本研究主題無關,或相關性不強的問卷回收資料,而無助、不利於研究的發現。

因此,研究者如要謹慎操作、設計具效度的問卷,必須有回應「研究架構」、「假設」、「問題群」的思維,不能想當然爾的任意、便宜行事,自由設計問題。

先說問卷問題與研究架構、假設的關係:研究者須知,所有問卷的「項目」主題,即是研究架構、假設中的主要「概念群」,兩兩對應,不能遺漏。研究架構或假設有幾個變數,問卷就要有與之對應的項目,項目反應假設中的概念或變數。

其次,要把「項目」逐一操作化為具體的「細項」,每一細項構成具體的「問題群」。而且要留意「問題群」中的每個問題陳述

語句，需吻合真實世界的某一現象或行為。它不能脫離真實世界，成為「虛無縹緲」的想像或陳述語句。

最好的狀況是，研究者要把研究架構、假設中的「理論概念」，篩選具關鍵主導的數個「指涉概念」，再逐一針對每個指涉概念，規劃 3 個以上的具體問題（陳述）代表它。週而復始，設計出整份問卷的「具體問題群」，來窮盡每個概念。

最後，談問卷題目的「陳述原則」：1. 研究者在規劃每道問卷題目，須要符合陳述一短句代表一個具體事實。2. 每道問題，只問一個面向，不能出現兩個以上的事實陳述。3. 用小學生 5、6 年級程度看得懂的簡單具體陳述。4. 儘量以正向提問，除非設計一、二道「檢查題」，才採用負向陳述。5. 少用形容詞、專業用語，多使用白話文的陳述等原則。

設計一份優質、具效度的問卷，就像規劃一把精緻的量尺（scale），難度頗高。但是，它仍然有跡可循。如果已經有如智力測驗、性向測驗、憂鬱指數、幸福指數、經濟景氣指標等具效度的量表，研究者大可複製、移植運用它。然而，在移植過程中，尚可根據自己研究對象的特殊性格，修訂原有量尺，以符合自己研究主題的目標。

另外，如果研究者的主題至今仍屬待開發的處女地；那麼，他必須對照真實世界的「事實」、理論世界「假設」或自己的「想像」，勾勒三者的連帶關係，設計嶄新的測量工具。果真如此，研究者依問卷蒐集的粗資料，將是具實用或理論意義的原級資料，再經由合理的書寫、討論，有利於知識積累。

如果研究者被受訪者拒絕填寫問卷時，如何處置？一般而言，

可採用備選人士填寫即可。只要確保有效樣本數在 1,068 個總樣本
數的 7 ～ 8 成，皆可作具代表母體的分析。當然，如果做小型宗教
團體儀式、活動的調查，不妨採取普查，來確保資料取得的完整性。

　　依上述思維來操作問卷調查，應該是有利於宗教研究者在原級
資料的獲得。其中，要點雖多，只要找到問卷調查專家，及與主題
有關的學者，召開幾場「專家效度」會議，就可避免犯下重大錯誤，
蒐集適當的資料回來。

○ 概念澄清

1. **原級資料**（primary data）**與次級資料**（secondary data）：做研究在
   確定問題、假設與研究架構後，就可根據這三個概念，蒐集相關的
   原級資料與次級資料。原級資料是指研究者做參與觀察記錄、深度
   訪問、問卷調查、專家會議資料蒐集或焦點團體訪問等方法，得到
   的第一手資料。在圖書館中蒐集報紙、期刊、政府公報、博碩士論
   文及書籍，稱之為二手資料。作研究，即是比對這兩類資料後，書
   寫研究發現。

2. **問卷調查**（survey）：在社會科學的「量性研究」中，經常採用問
   卷調查來蒐集資料。研究者需要事先根據研究的理論變項，將之操
   作化為觀察變項，再將之第二次操作化成為具體的問題。用具體的
   問題，構成問卷的架構。一般言，整個問卷問題，需要與研究者的
   問題意識與假設、變數相吻合；如此，才是一份合理的問卷。在調
   查前，必先確定研究對象的母體，據此做「隨機抽樣」、「分層隨
   機抽樣」或「全面普查」，確定後再發放問卷調查受試者。如果沒
   有母體數，可以考量「出口民調法」，憑研究者對受試場域的人口
   數，依經驗決定每隔多少個人次，抽樣調查一個樣本。

3. **「專家效度」會議**：在經費許可下，研究者設計好問卷後，考慮採
　　行「專家效度」會議。邀請此領域相關的產業界、學術界、主管官
　　署的專家代表，對問卷進行效度的檢測與討論。從專家會議的諮詢
　　過程，可以有效的避免問卷問題失焦。

＊**功課**

　　設計一份以宗教研究為主題的問卷？

2-3-2 問卷發放實例

　　「受人之託，忠人之事；受人恩惠，定當回報。」

　　這是我指導學生作研究、求知識之外，理當擁有的生活態度！

　　當一般人週日選擇在家休息之際，我們調查團隊倍民、佑謙、
翊嫻、以禾、安娜及我共 6 人，一大早齊聚台北火車站。我們預計
在 1 天內，作 100 份的「穆斯林來台旅遊經驗」問卷！

　　車站內大廳及迴廊，早已席地坐滿、穿載穆斯林服飾的印尼、
馬來亞朋友，他（她）們是我們隨機調查的主要對象。這項工作與
我的宗教研究並無直接關係，反而是我把它作為「鍛鍊」研究生的
功課之一。

　　我希望指導的研究生認識：「問卷」得參考前賢的量表規劃，
理論檢討後的引用，再到現場觀察具體現象，綜整、設計出一份具
效度的「好問卷」！

　　而此問卷尚須尋找合適的受訪者，我們才能進一步依此資料作
各種「量化」分析。整個研究過程，是每個研究生應該謙卑學習、
探索未知、發現知識的艱辛路途。

　　另外，這次調查也是為了回報我們協會的大功德主—劉董事長

的邀請，協助他就讀「國立嘉義大學外文系」優秀的女兒，順利完成她得到「科技部獎勵」的畢業專題！

由於問卷設計相當複雜，除基本資料外，尚分為穆斯林對臺灣旅遊設施的「主觀感受」、「最低標準」及「最高要求」等三面向，共約 90 題。因此，受訪的穆斯林常面露難色，填答意願不高。我只好請團隊成員努力說服，一整天下來，終於回收 90 餘份的有效問卷。

為感謝受訪者，我們準備當季的「甜柿」回報。祝福他們在台生活、工作、旅遊，一切「事事順利」～「事事平安」～

○ 概念澄清

1. **問卷**（questionnaire）：量化研究少不了問卷設計，設計一份好的問卷，得在研究主題、問題群、假設、研究架構相關的變項下進行。離開這些概念所設計出來的問卷，將是無助於研究的問卷。問卷中所有的題目，宛如一把量尺，用它們衡量研究主題下的現象，並回應研究所設定的「變項」。因此，問卷題目優質，代表量尺精確，就可測出研究者想要的資料。

2. **效度與信度**（validity, reliability）：在問卷設計過程中，不能離開效度與信度，前者確保問卷「直指核心」，不會產生離題或偏誤；就像用體重計來測體重，遠比布尺來測體重有效，此時稱體重計與體重的關係具有效度。後者，是指問卷題目間彼此高度的關聯性，避免重疊性；就像在不同時間，用同一個體重計測量個人的體重時，不會產生偏誤。此時，我們稱此體重計具有信度。

＊功課

設計一份與您的研究主題有關，具有效度的問卷題目？

2-4 焦點團體法

2-4-1 事前規劃與臨場反應

當大夥還在放春假，我們的研究生可沒閒著！

我們師生 10 餘人，來基隆代天宮學習。早上，由景丞為他的論文資料蒐集，主持「深度訪問」。中午用餐後，我們到大殿參拜呂祖，祈求祂庇佑及添加智慧，使自己的研究順利開展。

大約下午 13：30，由我主持一場「焦點團體法」。具有示範的性質，也幫助研究生快速成長。我以為，在諸多資料蒐集法中，此法是研究生蒐集「普羅大眾」階層，最好的方法之一。

然而，運用此法收回有意義的資料，關鍵在於事前規劃「聚焦」的訪談「參考題綱」；及現場訪問 key persons 時，專注聆聽受訪者的回答內容；思考後，再「追問」有意義的問題。

作好前者，則須思考如何設計一系列的「焦點」問題。我以為至少要考慮三個面向：首先，需要靠研究者對「研究主題概念」的相關「知識」、「理論」理解；其次，研究者得親身觀察記錄與主題有關的現象要點；第三，研究者得對此主題的聯想具有創意。而這三者的互動，應該可規劃出合理的訪談題綱。

對於後者，研究者必須全神貫注受訪者的回應，避免受訪者過於離題的回答。另外，研究者千萬不能以自己熟悉的「專業概念」，提問受訪者。相反地，須用通俗語言，說明訪談題目；才能避免「雞同鴨講」，既問不清，受訪者也就容易曲解而離題回答了！

　　我們這次以《信徒參與基隆代天宮鸞務之宗教經驗》為主題，廟方安排 5～6 名正鸞手、鸞生、執事參與焦點團體訪談。在圍成方桌坐定後，「聚焦」於下列幾個問題：

1. 在您參加鸞堂扶鸞以前，有沒有遇到感應到神的特殊經驗？

2. 當您穿上「道衣」參與扶鸞，您有什麼感受？神賜您「道號」，您又有什麼感受？

3. 扶鸞開始前，神附體於鸞手，您對此有何看法或感受？

4. 鸞手扶鸞時，正鸞手宣稱仙佛「來了」或神「離開了」，司禮生搭配敲磬擊木魚接、送。您相信神來了或走了嗎？您如何看待？有那些感受？

5. 在扶鸞當下，您有「感應到」或「看到」或「聽到」神來降筆嗎？如有，請說明您的經驗？

6. 您對於神降筆「詩文」或「經文」，如《桃園明聖經》為神所書寫，您有何看法？

7. 您對於神降筆回應信徒的困境，或用鸞筆賜靈符、賜詩，您有何看法？

8. 您對神附在鸞筆靈動，有何看法？

9. 扶鸞結束後，神離開鸞手身體，您有何看法或感受？

10. 您對鸞生自稱為「沐恩鸞下」，理由為何？

11. 至今您仍堅信恩主公，以祂為老師的理由何在？

12. 投入鸞務至今，您覺得是為仙佛服務？還是有其他感受？

　　非常感恩代天宮主委林本源的支持，感謝總幹事李劉傳及委員費心、慎重的安排訪談場地。更感謝正鸞手、鸞生、執事，不厭其煩的訴說切身感受、看法及各種宗教經驗。

　　讓我們研究生在長達 90 分鐘的訪談中得到學習，也在事後 20 分鐘的討論、心得分享，有所收穫！

○ 概念澄清

1. 事前規劃：作深度訪問或焦點團體的調查法，必須事先規劃訪問的參考題綱，而此題綱又得根據研究者的問題意識或假設來設計。問題意識、假設與參考題綱，三者之間，彼此環環相扣，才可能規劃出優質的訪談問題。只是深度訪談與焦點團體有一個重大的差別。前者，只要設計好一套題綱，就可據此訪談一系列的不同關鍵人物；後者，需要規劃第一場深度訪談題綱後，將回收的資料，從中擬出第二場訪談題綱。依此類推，焦點團體訪談的第三場、第四場……到第 N 場的訪談題綱，都來自於前一場的訪談成果，從中抽離深訪的問題。它像轉螺絲一樣，越轉越深，蒐集資料到沒有新資料為止，訪談才告終止。

2. 臨場反應：無論是深度訪談或是焦點團體調查法，研究者雖然已經有了一參考題綱，但是，仍需要仔細聆聽受訪者的答案，憑直覺決定是否繼續問更細膩的問題。這種臨場反應，決定了資料蒐集的深度與廣度。因此，研究者採取具彈性的「半結構式」訪談，應該是最好的資料蒐集法之一。

＊功課

　　根據「宗教經驗」的概念，規劃研究主題，再如法炮製事先設計一場焦點團體訪談題綱。

2-4-2 焦點團體法範例

　　研究生變成獨立研究者的養成教育，道路是艱辛的！除了「自

悟」研究的方法外，如果有老師帶領「他悟」，快速的學習蒐集資料的巧門，將有利於未來的學術志業。

　　開春、開學之季，我親自帶研究生作一場「焦點團體訪談」，針對《參與智成堂鸞務之研究》的主題，設計訪談「參考題綱」，訪問鸞生。聚集於鸞生投入鸞務的「機緣」，詢問 5 ～ 6 名鸞生下列問題：

　　1. 你最早到哪一間鸞堂？誰帶你去？

　　2. 你幾歲投入鸞務？什麼情形下接近鸞務？

　　3. 你基於什麼原因投入鸞務？

　　4. 你投入鸞務多久，恩主公賜「道號」？

　　感恩三芝智成堂文武聖廟鄭副主委、蔡委員、江總幹事，安排非常安靜的場地。也非常感謝葉雲清正鸞手、陳俊龍教授等鸞生，不厭其煩的訴說切身經驗。

　　讓我們研究生在 1 小時訪談中得到學習，也在事後 30 分鐘的討論，滿載而歸！

○ 概念澄清

1. **焦點團體法**（focus group method）：焦點團體法是質性研究蒐集資料方法之一，它由研究者主持，與受訪者圍一個圓圈。根據研究主題，規劃一系列聚焦式的深訪問題，約 7-10 題。第一次訪問的資料，從中探索第二次焦點團體的問題。每次訪問 5-8 人，讓受訪者在主持者的問題引導下，自由發言。至少作此訪問 5-9 場，才有辦法將研究者所希望的研究主題，聚焦式像鎖螺絲一樣不斷深入，直到沒有新問題為止。此法非常適合研究者作中產階級或普羅階級相關經

驗、感受、情感、認知等議題的資料蒐集。

2. **參考題綱**（reference framework questions）：社會科學的質性研究者，除了人類學家經常採取「無結構式」的訪談法，想到那裡問到那裡的方式，廣泛的蒐集粗資料，沒有參考題綱外；大部分的學者，會根據理論、研究問題意識、相關概念、假設或直覺，規劃參考題綱。捨此題綱，蒐集資料，往往形成重大偏誤。因此，參考題綱決定了研究的方向與範圍；是研究者在規劃研究主題後，必須謹慎與現實世界緊密連結。甚至，可根據現實世界的變化，修正既有的參考題綱。

＊功課

根據您的研究主題，設計一場焦點團體訪談題綱？

2-4-3 跨學科領域的資料蒐集與書寫

2012 年，在台灣媽祖聯誼會鄭會長的邀請、召集下，我參與了《全球媽祖文化志》研究團隊及編寫。原本只分「信仰源流」、「祭典與儀式」、「文學藝術與研究」、「宮廟與文物史蹟」等四篇分志。

而在台灣開第一次籌備會時，我以為台灣媽祖信仰興盛，不能忽略「神要興，靠人扛」的組織力。鄭會長聽後，深表認同乃增加「組織與活動」篇。並決定每篇各由 1 名學者擔任主筆及召集人，本地約 10 名教授群共同投入本研究。

我負責台灣地區媽祖廟的《組織及活動》篇，組成研究小隊後，花 18 個月調查海內外 90 餘間媽祖廟。再用半年時間，於 2014 年書寫 25 萬言《分志》，改變了我原先對媽祖的認識。

這一路走來雖然艱辛，但是，經由上百次的深度訪問，幾十次

的參與觀察記錄，蒐集上百萬字的「粗資料」，再次衝擊我對「媽祖學」理解。而且，調查所呈現出豐富的媽祖廟宇組織及活動資料，再次打開我的學術眼界，滋潤我的媽祖學「理論」。

初步發現，兩岸媽祖信仰同源，大陸多聖地、祖庭、古蹟、文物，台灣則多儀式、組織、神蹟、志工，各領風騷，各有特色！

另外，本地信徒為媽祖廟修復、興建、祭祀、繞境及日常科儀，建構「管理組織」，早已超越西方看華人宗教的見解。它絕非是一盤散沙式的「擴散型宗教」，相反地，它有獨特的迎神組織及類型。

再從歷史的縱軸來看，明、清兩朝到日據時代，再從二次戰後國府統治及當代，我們發現華人祖先及當代頭人的智慧。他們發展出媽祖廟的「廟外」、「廟內」，「無形」、「有形」等不同樣貌的組織。

以無形、廟外「祭祀圈」組織為例，我們調查發現，它依舊存在於現代的鄉村，甚至在都會區的媽祖廟，皆可見其蹤跡。最具代表性的個案之一，是財團法人新港奉天宮董事會的組成，它仍由境內 18 庄庄民選舉產生董事會、董事長。而且由董事會組織各神明會、次級團體，每年正月元宵節前後，繞境本庄；甚至到外縣市進香。

其它，如台中樂成宮董事會，也是由祭祀圈及圈內的神明會，逐漸轉型、參與、加入財團法人。雖然昔日媽祖巡視「抓龜殼蟲」的傳統已經不再；但是，旱溪媽仍然每年維持長達 21 天繞境 18 庄的習俗。

而在「神明會」部分，彰化地區百姓，保留 10 餘個 200 年以上，以單一、數個或數十個庄頭的「媽祖會」。它們各自有自己的祭祀

圈，負責迎接、祭祀外地媽祖前來彰化進香、繞境。也在媽祖聖誕時，輪流到南瑤宮祭祀；並組進香團到北港朝天宮進香。

淡水福佑宮管理組織是由神明會轉型而來。清嘉慶元年（1796）由泉州晉江、惠安、南安、同安、安溪、永春及汀州7縣先賢各組1個「神明會」，共同鳩資興建而成。後來汀州神明會另立鄞山寺，現在只由其餘6縣的子裔，各有3名代表，組18人管理人共同管理本廟。

由此看來，傳統的「廟外神明會」，配合國家宗教政策轉型為「廟內管理人」，為媽祖廟組織變遷的類型之一。不僅如此，媽祖分香的神明會、進香團，它們也可能轉換成現代的媽祖宮廟。

以大甲鎮瀾宮的媽祖分靈為例，基隆聖安宮、新北聖鳳宮、豐原鎮清宮、中壢朝明宮、台中朝聖宮及高雄寶瀾宮，原本都是返回母廟「搶香繞境」的神明會。由於信徒的虔誠及凝聚力，將進香神明會轉型為媽祖廟。

此外，也有以傳統祭祀圈、神明會為基礎，結合現代宗教法規，轉型為龐大的媽祖廟組織。「財團法人大甲鎮瀾宮」即是最佳的例證之一。它的董事會由53庄祭祀圈內的政治領袖及廟內的次級組織代表共同組成。前者，保留「境」內頭人管理廟宇的傳統，後者，則強化了祭祀、繞境組織成員對廟宇的認同。

形式上，大甲媽從日據時代至今，每年往新港奉天宮（1988年前往北港朝天宮）步行330公里，9天8夜的繞境、進香之旅。起駕及回鑾當天，約數十萬如潮水般的信徒，井然有序的湧出、進入大甲鎮；在朝聖之過程，約上百萬的庶民捲入、參與進香。實質上，這是背後擁有嚴密的分工、分層及強有力的管理組織，才能有

此動員能力。

至於本地媽祖廟際間組織，尚有「金蘭會」、「玉二媽會」、「金門媽祖會」及「台灣媽祖聯誼會」等不同規模的組織。其中，又以「台灣媽祖聯誼會」組織規模最為龐大，且具高效能的活動力。

它以大甲媽為首，召集上百間媽祖廟頭人組成。共同投入兩岸媽祖廟的祭祀、繞境、廟際聯誼等宗教活動；也集合眾力參與兩岸救災、慈善、編纂《全球媽祖文化志》、媽祖研究等社會教化及宗教學術、慈善志業。

當我每次親身參與、觀察台灣媽祖聯誼會或各媽祖廟辦理的活動，常被台灣子弟「自動自發」的「瘋媽祖」行徑感動。我認為，他們虔誠、志願性的參與媽祖廟的各種組織及活動，是台灣旺盛的「市民社會」及「虔誠信仰」使然。而這底蘊，應該是媽祖廟最重要的人文、宗教資產。

不僅如此，台灣地區宗教自由的政策框架，各媽祖廟領袖的視野及組織管理能力，與志願性志工、虔誠信徒結合，提供豐富的養分給各媽祖廟組織。使本地「管理人」、「管理委員會」、「財團法人」、「社團法人」、「神明會」、「輪祀」等媽祖廟組織與制度，具充沛的動員能力。

因此，我們可以說「媽祖不言，唯靠人言」。媽祖廟領袖是媽祖的代言人，其視野、能力，決定了媽祖信仰的興衰！我們也可說「媽祖要興，得靠人扛」，組織及其動員力，決定了媽祖繞境、進香的成敗！

整體來看，媽祖廟宇數量在全台排名第三，台灣媽祖廟在全球媽祖廟中密度最高，台灣媽祖信徒的信仰熱情超出尋常。為理解這

些現象，我們不能忽略媽祖廟宇組織及廟際組織的「組織力」、「動員力」、「信仰力」，它們才是撐起全台媽祖信仰的主要內在因素！

○ **概念澄清**

1. **多元學科**（multidisciplinary）：人文或社會科學兩大領域下的不同學科，將這些學者整合用在同一研究主題中，稱為「多元學科的研究」。此類型的研究適合作大部頭的研究，所耗費的金額高，所需要的研究人力多。主持者需有多元學科整合的「實存主義」研究思維，才能作此研究設計。

2. **科際整合**（interdisciplinary）：社會科學或人文學底下的各個學科已經建構研究法、概念、概念群或理論，原有學科的研究者，可以跨出自己學科領域向其他學科借用上述的方法、概念與理論，到自己的研究中。如此一來，可以擴張自己的研究視野，讓人類的行為在不同學科的理論概念觀照下，作比較合理的解讀。

＊**功課**

　　假設自己是一位多元學科的實存主義研究者，嘗試把自己的研究主題作整合型的研究？

Chapter 3　如何分析與綜整資料

3-1 個案研究

3-1-1 個案研究是比較研究

　　研究生經常問：「初學者如何作研究，會比較容易上手？容易走上研究之路？」

　　我常回應，先選擇具代表性、影響力、象徵性的「個案」，作為「研究對象」吧！

　　主要原因在於，它容易聚焦、確定研究範疇。只要與個案有關的資料，都在其搜集範圍。對研究者而言，就不會迷失於茫茫的浩瀚書海中，或不知如何下田野，作社會及宗教調查。再就書寫來看，研究者只須鉅細靡遺「描述」整個個案的「內容」、「流程」，及「詮釋」個案的脈絡。此外，尚且需要再進一步「解釋」個案形成、出現的「變因」、「條件」，或「估計」個案對內 / 外的「效果」、「衝擊」、「影響」。

　　因此，「個案研究法」在 1870 年在哈佛大學蘭德爾教授提出，用它作法學領域的研究。之後，逐漸蔚為風潮，進入醫學教育，1908 年引入商業教育。最後，全球的政治學、社會學、人類學、心理學及宗教學等社會科學的研究者，也接納此方法，作為自己研究或指導初任研究生的基礎學習課程。然而，不少研究者只知其一，不知其二。不能理解部分個案研究仍然可作「比較研究」，是屬於比較法的一個重要脈絡。

　　首先，只要個案的期程「夠久」，它就可與自己的歷史、期程、年代結合，進而看出它在時間序列下的個案「變遷」樣貌。而此變遷可以分為「發展」、「停滯」或「萎縮」等不同的類型。無論那

一個模式，皆可將之分為「出現期」、「成長或萎縮期」、「成熟或消失期」。當研究者用自己的直覺（intuition）及合理的判準，可把個案切割為幾個階段。此時，就可以用比較視野，再尋找合理的比較指標（index）、基準（criteria），對本個案各期程的「實質」比較。找出其細部的異同，甚至理解每階段的興衰之因。

除了自己與自己比較外，尚可把整個個案與既有的理論作對比。用演繹法的思維，視理論為大前提，個案為小前提，觀察其與理論的「完全涵蓋」、「部分涵蓋」、「不能涵蓋」等三種關係。先說「完全涵蓋」的關係，當個案無法超越理論的範疇，如同「孫悟空無法逃出如來佛的掌心」時，此個案只是強化、鞏固了原有的理論，而無益於舊有知識的挑戰及新知識的建構。

其次，再論兩者的「部分涵蓋」關係，當個案部分吻合理論的論述，就屬此情境。此時，本個案可以對理論提出部分的修正，使舊理論更趨周密。本個案研究已經對知識的進化作出貢獻，超越過去理論的解釋力。

最後，談兩者的「不能涵蓋」關係。它是指理論完全無法包含個案，屬特殊的異例（anomaly）。此時，此異例研究的參考價值甚高；它是挑戰理論的「新發現」，或許可以建構「新通則」，為新知識的建構奠了一塊礎石。如果累積更多的「異例群」（anomalies），進一步可能形成理論競爭的態勢。甚至，出現理論的移轉，進而顛覆既有的「舊理論」，建立「新理論」。如同孔恩在《科學革命》一書所言，異例積累可以在自然科學帶來典範競爭，或典範移轉（paradigm shift）的知識革命。

講到這裡，我們再也不能說「個案研究」無法作比較研究。它與小樣本個案（small number cases）及大樣本個案（large number cases）一樣，都可以作比較研究，只不過是比較的內容不太一樣罷了！

○ **概念澄清**

1. **指標**（index）：社會科學受自然科學測量概念的影響，常對研究的對象建立指標，來衡量它的變化。研究者常將一系列的概念，建構成一個指標；此時，指標就可以變成具有豐富意義的判準。例如，心理學者建立「憂鬱指標」、「性向指標」、「智力指標」，經濟學者建立「經濟景氣指標」、「經濟衰退指標」；政治學者建立「國家發展指標」、「現代化指標」；社會學者建立「幸福指標」、「貧窮指標」、「貧富懸殊指標」。這些指標就是一個抽象的概念，它必須由一組相對具體的概念來表述，每一個具體概念又需要靠一系列具體可觀察的問題來填充。因此，指標與概念、概念群、具體問題環環相扣。

2. **異例群**（anomalies）：孔恩在《科學革命》一書提到異例或異例群等詞彙，他在科學史的研究中發現異例是挑戰既有理論的個案，它也是知識突破的契機。如果累積諸多的異例，就可形成異例群，此時舊有的理論無法解釋它們，就可能出現新的理論。對社會科學家而言，異例是指個案研究，異例群則是積累諸多同性質、命題的個案。由此異例及異例群，就可挑戰舊有的理論。因此，異例群經常是舊有知識的突破，新知識建構的基礎。

3. **典範移轉**（paradigm shift）：「典範」是孔恩提出來的重要概念，它具有理論的形式，諸多的理論就可構成學科的理論群，而建立該學科的典範。在自然科學研究中，舊典範常被新典範所取代，稱為「典範移轉」，而形成科學革命。然而，在社會科學中，由於研究

對象為人類「個人」或「社會集體」的行為相當複雜，完全異於自然科學研究「物」的行為。因此，要出現典範移轉的可能性甚低，反而不斷積累新的典範，與舊典範並陳，形成多元典範的典範競爭。

＊功課

用個案研究思維挑一自己喜歡研究主題，作研究設計？

3-1-2 如何操作「少數個案」研究

如果說，個案研究為宗教研究的基礎，那麼，少數個案就是宗教研究的進階。

企圖心強的研究生，不妨思考挑戰這類型的主題研究，既可超越自己過去研究視野，也為宗教學再奠一塊礎石。

在社會科學研究中，將個案分為單一個案（single case）、少數個案（small number cases）及大量個案（large number cases）三類，可以套用到宗教比較研究。

在此，我們先討論少數個案的類型、挑選、操作及目的等四項內容。一般而言，少數個案的類型是指2個以上的個案，最好在5～6個範圍。在政治科學研究中，巴林頓・摩爾（1913-2005）的《專制與民主的社會起源》及史考區波的《國家與社會革命：對法國俄國和中國的比較分析》，是此類型的代表作。

而在比較宗教學研究中，則以聖嚴的《比較宗教學》，對世界五大宗教的比較；弗雷澤（James George Frazer, 1854-1941）的《金枝》從西方進化論的角度，比較巫術、宗教、科學的異同；及伊利亞德（Mircea Eliade, 1907-1986）受魯道夫・奧托（Rudolf Otto, 1869-1937）的《論神聖》影響，書寫《神聖與世俗》一書，也是以比較

宗教歷史的視野，作跨地區族群文化中，神聖經驗的共同性及差異性之比較。

上述臚列的比較政治學或比較宗教學研究，皆屬於「鉅視型」的角度。它有兩種操作方式，一為先談個案，再作比較；另一為設定比較基準，再將所有個案置入其中作比較。筆者以為，可依作者判斷個案的性質，再思考從這兩個作法擇一操作。

如果拿「鉅視型」的比較宗教研究與「微視型」、「中間型」的研究相比擬，三者之間的差異甚大。筆者以為，入門作比較宗教學的研究生，當然得先理解過去前賢作了那些研究，再作選擇。由於鉅視型的比較宗教，難度較高，後進者很難快速上手。因此，我建議研究生寧可退而求其次，先行挑選合適的「微視型」少數個案，再循序漸進，作「中間型」的比較宗教研究，比較容易進入比較研究的領域。

無論選擇那一類型，研究生都得挑選個案群及萃取比較基準（criteria）。前者，最好作當代現有的宗教現象；後者則可參考過去學者的睿見，或自己從現場觀察宗教活動後，將之抽象化為比較基準。例如，弗雷澤曾把以「巫術」、「宗教」的特質，當作比較的基準。我們作「微視型」少數個案研究時，就可擇一運用，當作挑選研究對象及規劃比較基準的依據。

筆者曾以台灣地區的「巫者」為主題，挑選童乩、鸞手、收驚婆、小法法師等五種不同類型的神職人員，為比較研究對象。比較的基準是：他們成為巫者的過程、方式，服務信徒的宗教儀式，行巫法後帶來的宗教效應。甚至，他們執行巫術，神靈附體時是否存在知覺，及身體陷入的恍惚（in trance state）、亢奮（in ecstatic state）的程度等項目。

　　我也曾把弗雷澤的「模擬巫術」及「接觸巫術」作為比較基準，用它來理解本地跨宗教神職人員的「祭解」儀式。乃挑選了台灣北部地區五間宮廟的道教道士、佛教法師、民間佛教法師及誦經團、民間宗教師父操作此儀式，作為比較宗教人員對象。再對此儀式的內容切割成「過程」、「疏文」、「供品」、「關限」、「替身」、「當事人」、「動作」等幾個項目，當作實質及表象的比較基準。而且，把「模擬巫術」及「接觸巫術」的概念引入，用它與「供品」、「關限」、「替身」、「當事人」、「動作」連結，進一步詮釋其象徵意涵。

　　然而，如何將儀式內容作細膩化的切割，選擇比較基準？我以為必須與過去的研究成果、文獻記錄，和研究者採集風俗、儀式及運用直覺力、想像力、創造力產生關連。唯有讓其交互作用，我們才可能產生靈感，激起比較項目的新火花。因此，我們在閱讀資料之餘，還是得到宗教儀式現場，比對文獻與現象間的衝突點、吻合處、差異性，提出新的比較基準。如此一來，作出來的比較宗教研究，或許可有令人耳目一新之感。

　　最後，談少數個案宗教比較研究的目的。它與個案研究有相同目的，它倆皆是在尋找具有解釋力的變數，前者希望建立通則（generalization），後者則可建立法則（law）。兩者形式一樣，但法則的解釋力優於通則。

　　不過，它倆也有不同之處；個案研究只有自己與自己比較，或是建構的通則與既有的理論比較。而數個個案的宗教比較研究，是把每個個案的內容拿來作比較。而且，還可以探索每個個案的形成

變因後，再度作比較。或者，每個個案帶來的各種影響，三度作比較。甚至，將形成變因、影響效果各自與相關理論作第四次的比較。在這些比較後，或許可以建立與既有理論不同的「新法則」。而這也是少數個案宗教比較研究的最高階目的。

◯ 概念澄清

1. **基準**（criteria）：研究者進行比較研究時，必須尋找合適的概念，作為比較的出發點，稱為「基準」。此概念可分為可觀察的「外顯」基準，或可感受、可認知、可判斷的「內在」基準兩大類。端看研究者對主題的直覺、創意及敏銳度，來決定用那些基準進行比較研究。基準選擇對了，研究就容易進行，且可作出有意義的比較，積累不錯的知識。反之，任意挑選基準，或用他人的基準當作自己研究的基準，作出來的研究，只是對既有知識再次的檢證，無益於知識的突破。

2. **模擬巫術與接觸巫術**（imitative magic, contagious magic）：在弗雷澤《金枝》中，將巫者的法術化約為「模擬巫術」與「接觸巫術」。「模擬巫術」是指運用「象徵」或「模仿」的物品，來代表巫者施法對象的屬性。例如，以紙人、稻草人來代表活人或壞人。前者，在祭解儀式中，巫者把紙人代表信徒，將厄運送走。後者，是指在打小人儀式中，巫者鞭打稻草人，象徵修理為非作歹的奸惡小人。至於「接觸巫術」是指，人接觸過的物品就代表了當事人。例如，祭解科儀中的信徒「衣服」，生基儀式中所需要的活人「指甲與頭髮」，這三種物品都代表當事人。透過前者的儀式可以去除厄運，或後者的儀式帶來好運、長壽。

3. **通則、法則與理論**（generalization, law, theory）：研究者在追求知識
的積累，而知識的層次中以概念或概念群為初階，這兩者可以用一
個詞或數個詞，就可以代表諸多的現象。在中、高階的知識中，又
分別以個案研究化約出來的通則，數個個案化約出來的法則，及多
個個案化約出來的理論，為研究者終身追求的目標。這三者的形式
相同，都屬於自變項與依變項的因果關聯模型，但是解釋力卻有大
小的不同。理論解釋力最高，其次為法則，再其次為通則。

＊功課

　根據自己比較研究主題規劃比較基準？

3-1-3 如何操作「多數個案」研究

　　與個案研究、少數個案研究相比，多數個案（large number
cases）的宗教比較研究難度高出甚多。它本屬「鉅視型」研究，如
果再結合全球視野，那麼非整合型的研究團隊，無以為功。

　　在過去的研究中，就以韓廷頓（S. P. Huntington）的《文明衝
突與世界秩序重整》，是最具代表性的作品之一。它被歸屬為政治
學著作，仔細看其內容，應該劃定為宗教政治學的範疇較為合適。
他分析冷戰時期，全球分為自由與共產兩陣營，衝突的主因在於「意
識型態」的堅持。而後冷戰時期，全球區域性的小型戰爭依舊不斷，
衝突的主因乃在於宗教文化的裂痕、隔閡與歷史不愉快的記憶。書
中以全球的視野，論述中國、日本、回教、印度、西方、拉丁美洲、
非洲（也許存在）等八大文明。其內在的宗教文化為基督教、伊斯
蘭教、儒教、印度教等。再以歷史為縱軸，分析耶、回兩教數百年
的爭戰與衝突，直到今日，又與其背後的族國利益糾結在一起，形

成在中東、歐洲及美國等地的戰爭或恐怖主義攻擊事件。全球視野的多數個案比較宗教研究，難度最高。研究者或許可退而求其次，作跨國家的區域型研究。例如，台灣政府曾派出研究團隊，以「東南亞華人宗教」為主題，調查越南、馬來西亞、新加坡、泰國、印尼等國家內的華人信仰型態與在地文化、社會融合的樣貌。

規模再小些，筆者參與《兩岸媽祖文化志》的研究，由台灣、大陸福建各派 10 位教授，投入媽祖的「神譜源流與傳播」、「信仰儀式」、「文學與藝術」、「古蹟與文物」、「組織及其活動」等子題的調查。

我曾帶領研究小組，到台灣、澎湖、金門等地 80 餘間媽祖廟的訪查。設計廟宇組織變遷、丁口錢徵收、爐主與頭家制度、神明會與陣頭、祭祀圈範圍、誦經團成立、節慶與繞境、日常宗教儀式、廟際組織及活動等子題，深度訪問廟宇頭人，獲得甚多的原級資料。

在運用部分資料，書寫「旱溪媽繞境的組織」，發現 1960 年代以前「祭祀圈」內媽祖神明會急遽的萎縮。取而代之的是台中樂成宮內的董事會組織，及其與旱溪媽繞境 18 庄的新興宮廟、在地里長的互動，建構全台長達 21 天的繞境期。當然，並非所有個案皆否定祭祀圈理論，我大膽的初步假設：「宮廟位於都市化程度愈高的地區，祭祀圈愈趨萎縮；反之，在都市化程度低的地區，祭祀圈愈能保留」。我們初步收集的資料發現，台灣中南部鄉村及金門、澎湖等地的媽祖廟，尚保留相當傳統的丁口錢、爐主頭家制等祭祀圈元素。雖然如此，還是得靠比較多的資料證實這項估計。

另外，在多數個案比較宗教研究中，研究的規模還可再縮小到台灣境內。我們曾組 8 人教授團隊，投入全台灣、澎湖、金門的「保

生大帝信仰及文化」的調查。以「台灣保生大帝聯誼會」130 餘間宮廟為主軸，分為中部以北、雲林、嘉義、台南、高雄、屏東、花蓮、台東、澎湖、金門等區域。

　　我負責彰化以北 8 縣市、39 間廟宇的普查，設計「誰立廟、廟宇規模、祭祀圈與組織變遷、信仰儀式、神蹟、古蹟文物、童乩與神職人員、誦經團與經典」等深度訪談問題，收集上百萬字的粗資料。

　　應委託單位的邀請，研究團隊成員分別就自己的資料書寫論文。我就以「鉅視」的角度，書寫「誰為保生大帝立廟」的主題，比較分析清朝、日據及國府時期三階段，台灣的中、彰、投、苗、竹、桃、北，及新北等 8 縣市保生大帝散佈的樣貌。

　　為了深入討論，我比較分析這些地區各立了那些廟？如何散佈？規模多大？誰立廟？立廟的動機？等問題。其中，在理論對話部分，本文發現的立廟動機，超出劉枝萬原本的「移民、漂流木、奇蹟、顯靈、天然物崇拜、身前武藝高強」論述。

　　與他相同的是移民及顯靈兩個因素，另有乩示、分靈、爐主或神明會轉型、神壇轉型、村民共祀轉型等原因立廟，則超出他的理論視野。換言之，台灣地區民間宗教信徒為神立廟，在大規模、多個案的調查，常會有新發現。而這也是「多數個案」的宗教比較研究，對理論突破、知識積累，最大的貢獻。

◯ 概念澄清

1. 鉅視型研究（macro study）：在社會科學研究中，運用多數個案、全球視野的角度，解讀人類社會的重大議題，都可稱為「鉅視型」

研究。在社會學、政治學、經濟學、文化人類學的學術領域，已有「總體的」研究。例如社會變遷理論、總體經濟理論、全球視野的戰爭理論，皆屬於此類型的研究。一般剛入門的研究者，需認識這類型的研究所積累的知識，但不宜投入此類型的研究。

2. **微視型研究**（micro study）：與鉅視型研究相對的是「微視型」研究。大部分是指個案、小區域、聚焦型的研究主題。微視型研究，非常適合研究生在社會科學學科領域中，作為入門的基本功夫。從個案出發，在合適的研究主題概念下，發展此類型的研究。

3. **媽祖文化志**（Mazu cultural annals）：福建省政府及台灣媽祖聯誼會各自召集兩岸人文、歷史、社會、人類學者約 20 名，於 2009 年投入媽祖文化志的編撰，終於在 2018 年出版「媽祖宮廟與文物史跡卷」、「媽祖文學藝術與學術研究卷」、「媽祖祭典與民俗卷」及「媽祖信仰組織卷」等四鉅冊，約百萬言。本研究雖然是歷史記錄，但接近於跨領域的鉅視型研究，為志書中的宗教類、單一神譜、專業型的志書。到目前為止，媽祖文化志已經領先其他神譜的志書。

4. **丁口錢**（Ding kou qian）：中外皆有信徒為神奉獻的現象，西方基督宗教、摩門教的教義中鼓勵信眾將每個月收入的 1/10 奉獻給教堂，稱為「什一奉獻」或「什一稅」。台灣地區從清朝到現在都還維持西方的奉獻，按每家戶的男丁、女口人數來課徵「宗教稅」，這是台灣及華人社會獨有的「丁口錢」。它經常附屬在傳統農業社會的祭祀圈中，隨著社會結構的轉型，都市化加劇的工業、後工業社會的出現，人口快速流動，農村原本的丁口錢、祭祀圈相形萎縮。至於在大都會當中，丁口錢的制度早已經消失殆盡。

5. **童乩**（Tong ji, medium）：童乩是台灣對巫陳述的專有名詞，是本地的巫師之一。它又可以稱為「乩童」，其通靈後，稱為「跳童」，

類似大陸北方少數民族薩滿教的「跳大神」。台灣的童乩分為廟內與廟外兩種，前者，常在宮廟的濟世廳，配合「桌頭」，用辦事的科儀服務信徒；後者，則在迎神賽會時，用鋼針刺臉、穿刺在身體，或用七星劍、銅棍、鯊魚劍、月斧、刺球等敲打自己的頭部或身體，象徵神附體。這種用針刺自己臉頰、身體的「跳乩」行徑，也出現在東南亞、泰國、馬來西亞等國，民間信仰的迎神賽會中。

＊功課

選擇一主題設計多數個案的比較研究？

3-2 比較研究

3-2-1 如何進行比較研究

宗教比較研究是社會科學中，比較研究的一環。因此，應該可以把比較法的思維、操作、目的，帶進比較宗教研究中。

客觀言，比較研究無所不在。在部分的社會科學中，已經發展出「學科」、或是「學科次領域」的比較學術。以學科為例，比較政治學、比較教育學、比較法學、比較文化學或比較社會學等，頗為盛行。

再以學科次領域為例，在政治學下，有比較政黨制度、政府、政策、政治思想的研究；在法學下，則有比較憲法；在教育學下，也有比較教育哲學、教育制度等學科。

在比較研究中，著重根據既有現象，篩選、建構比較基準（criteria），才能依此基準，比較各個個案的內容，並理解彼此的相異或相同現象、意涵。之後，再進一步探討其差異形成的各種原因，及企圖建立個案間相同的法則。

　　比較法的思維也滲入到宗教研究領域，宗教學之父穆勒（Friedrich Max Müller）深諳此理，他認定宗教研究者，如果「只知其一」，只認識一種宗教，他將「一無所知」。他用比較語言學的角度，作跨宗教的比較研究；他也投入中國、印度兩個國家宗教聖典的翻譯及比較研究。他的比較宗教主張，只有在比較方法及選擇經典詮釋為基準，被學術界接受。其他如運用比較語言學的途徑作宗教研究，則被學術界拋棄。主要原因是語言學只能當工具，而非唯一的分析基準；堅持用它來研究宗教，無形中窄化了宗教學術發展。

　　除了穆勒之外，弗雷澤（James George Frazer, 1854-1941）的《金枝》，則發展出比較「儀式」、「神話」的新概念，探討原始部落的巫術。宗教心理學家榮格探索「宗教經驗」，著重在東西方宗教人士的修行類型比較。宗教社會學家韋伯以歷史社會學的視野，「跨越時間、空間」，比較天主教及基督新教信徒的「教義」實踐，論述資本主義社會的形成。此論述使比較宗教學不再是異、同的比較研究而已，而是在分析異同之餘，也在為「新的理論建構」開展一條道路。宗教現象學家伊利亞德則用「跨文化」的視角，切割神聖與世俗二元社會，把「神話」和「象徵」引入全球幾個國家地區百姓對神明崇拜、顯現的研究。除了幫助我們理解古代社會和原始民族的宗教世界外，再次擴張比較宗教的「基準」選擇。

　　過去的前輩已為比較宗教研究打開幾扇窗，我們可在學術殿堂的窗內，往外看看外面多文化、多民族創造出來的多元宗教現象。當然，前賢提示的視野、基準，皆可參考。在此之外，我們可以尋找新的比較判準。

　　以宗教的外在形式來看，神或神聖物、教主、儀式、經典、神職人員、信徒、神殿聚集所等，每一概念都可作為比較宗教對象。選定後，再從中思考那些具體宗教現象足以當作判準。也可以從宗教的內在內涵來看，神或神聖物的精神與神譜，教主的魅力與思想，儀式象徵、本質或功能，經典的創造及意理，宗教組織行動或傳承，信徒的修行或宗教經驗，神殿聚集所的神聖空間、藝術或象徵意義，每一個概念也都可作為比較宗教的項目、主題。同理類推，可以再細膩化其概念，化為比較基準。

　　沒有判準，無法進行比較宗教研究。因此，判準的選擇，顯得異常重要。然而，判準從那裡來？如何選定？研究者除了參考前輩學者的思想外，尚須以實際的參與觀察，運用自己的直覺，選擇符合宗教事實的「指涉概念」作為判準。

　　須知，判準是指一組「指涉概念群」，它們是比較對象的核心意義。它具有指導收集資料及化約資料、作比較研究的功能。同時，也可用此判準，理解諸多個案的異同。當然，我們更不可忘記韋伯對比較宗教研究後，建構宗教理論的期待。這項比較宗教研究的高階目標，是宗教研究者念茲在茲的學術志業之一。他曾留下「資本主義社會的出現，關鍵的變因在於新教倫理的實踐」的理論。

　　這項「韋伯主義」的唯心論述，曾影響我們後續的韋伯學者建構「新韋伯主義」。希望比較宗教研究者，在此基礎上，尋找新的宗教變因，建構新理論，解讀當代的社會、文化現象。

○ 概念澄清

1. 社會科學（social science）：人類的知識發展至今分為人文學、自然

科學與社會科學三大學術領域。人文學屬於價值判斷的研究，自然科學與社會科學則為價值中立的研究。前者隱含了強烈主觀，後者則要去除主觀，追求相對的客觀。人文學涵蓋的史學、哲學、藝術學、倫理學、神學等領域，自然科學則以物理學、化學、醫學、農學、生物科技學、基因學、人工智慧學為主軸，社會科學代表性的學科為心理學、經濟學、政治學、社會學與文化人類學。在追求知識的精細原則下，學科越分越多；但是也有另一股呼聲，希望將兩個或兩個以上的學科重新整合。社會科學的出現深受自然科學所影響，它想運用自然科學的研究思維、方法，來解讀複雜的人類社會現象。但是也有反對的聲音，來自詮釋論者，認為社會科學不能只重視數量的研究，而要思考質性的深刻解讀。因此，社會科學乃有量化與質化兩大研究領域。

2. **韋伯主義與新韋伯主義**（Weberism, neo-Weberism）：韋伯主義是指韋伯思想的理論建構，在韋伯的《新教倫理與資本主義精神》一書中，強烈隱含運用倫理、道德的價值觀，來解讀資本主義社會的內在精神，當宗教邏輯與經濟邏輯不謀而合，就出現了西方資本主義社會。簡單的說，韋伯主義強調的是人類價值觀為人類社會變遷的主要動力。至於新韋伯主義承續韋伯主義，它把儒教的價值觀、倫理道德當作獨立變數，也解讀亞洲四小龍的經濟奇蹟。它與韋伯主義相同的是，倫理道德的價值觀是國家經濟發展的主要動力。

3. **馬克思主義**（Marxism）：馬克思也在解讀社會變遷，但是他用的是「經濟力的控制」。在他的《資本論》中，強調誰掌握當時的生產工具，誰就擁有經濟力，誰就可進入統治階級，來統治普羅大眾。在農業社會，地主掌握了土地生產工具，他就可以進入土地貴族，也是封建社會的統治階級。當社會進入到工業革命後，掌握機器的

資本家，他掌握了生產工具，也就進入了民主社會中的資本家統治。他的思維完全與韋伯相異，韋伯從倫理道德的角度分析社會變遷；他從生產工具的角度解讀人類社會統治現象。前者較唯心主義，後者則稱為唯物主義，是解釋人類社會兩個重要的鉅視視野。

＊功課

　　用韋伯主義或新韋伯主義規劃您的主題研究？

3-2-2 追求法則：個案研究與比較宗教學的思考

　　2018 年，我曾建議一貫道崇德學院陸校長應該開「比較一貫道與各宗教專題」，強化研究生的視野。他從善如流，今年就請幾名教授，以「協同教學法」，接力、指導該校碩士班研究生道親。我上完 8 堂課後，意猶未盡，再書寫「追求法則：個案研究與比較宗教學的思考」，論述個案研究與比較研究的關係，就教於宗教學界的方家、先進，並給用功、專心聽課的研究生同學參考！

　　德國宗教學家，宗教學之父穆勒（Friedrich Max Müller, 1823-1900）提出「只知其一，一無所知」的研究前提及視野，已經成為比較宗教學者的圭臬。依他見解，如果只懂一宗教，就無法從中獲得「法則」，化約「理論」，解釋人類普遍性的宗教現象。然而，此說合理嗎？

　　乍看之下，「比較研究」建立的理論無所不在。在社會科學各學科領域中，就可以常見到比較「宗教、政治、教育、經濟、文化、政府、政黨」等「課程」。這些學者在比較過程中，企圖尋找領域內現象「相同律」或「差異律」，用來解釋複雜的人文、社會行為。

　　由此來看，研究者作兩個或兩個以上的跨個案研究看似合理，

但卻也出現研究的盲點。因為，當代又已經發展出來「個案研究」，一般認定它是非常重要的社會科學、自然科學研究法。幾乎每個學科（disciplines）都引入，而且認為它是建構知識的基礎方法。

　　如果我們把宗教研究置在社會科學的脈絡中，當然也要重視此類型的研究。用個案研究的視野，逐漸積累知識，應該是合理的思維。如果再回到宗教事實來看，全球各民族、文化體中，已經發展出上百個傳統宗教、教派（denomination）及新宗教（new religion）。它們都有自己宗教的「思想、神與鬼、神聖物、教主、經驗、行為、組織或制度、殿堂、神職人員、信徒、志工」等，皆值得逐一仔細、客觀描述及建構「解釋通則」。然而，這類型的研究應該是屬宗教的「個案研究」。在我看來，它應該是比較宗教學的基礎。

　　許多研究者誤以為「個案研究」並非「比較研究」，這是對個案研究的誤解。略懂比較方法及研究者，會有兩種視野：簡單者，只研究此時、此地的個案，完整描述個案，再抽離出通則（generalization），解釋個案的前因、後果（causal relationship）。精緻者，研究者面對歷史悠久的個案，就常會把「歷史時間」變數加入，讓本個案出現前、中、後不同階段，形成自己與自己相比較的情況，進而探索不同階段的差異。與前者一樣，抽離出通則，解釋本個案的前因、後果。不僅如此，個案研究的進階思維，研究者尚得將尋找、化約出解釋個案通則，並將此與既有理論（theory）、典範（old paradigm）比較，檢驗通則與理論的差異、有效性。

　　當既有理論無法解釋此個案時，對研究者而言，內心充滿歡愉；因為，它可是難能可貴「異例」（anomaly case）。只要在未

來的研究歷程，積累類似、更多的異例，就可形成新典範（new paradigm），挑戰既有的舊典範，甚至出現多元典範或典範移轉。就宗教研究來看，在社會、文化變遷的架構下，宗教隨之轉換。因此，常出現過去農業社會的宗教理論，無法解讀現代工業、後工業的宗教現象。或是全球視野下，各民族建構的不同社會、文化，難有放諸四海而皆準的典範。

　　據此，我們可以推論宗教學研究人類複雜的宗教現象，可能建立的多元典範，遠比單一典範合適。同樣的，宗教知識建構的「典範競爭、典範並存」，遠比知識的「典範移轉、典範革命」來得合理。

　　常言道：「一樣米，養百樣人」；同理類推：「一種人類，養多種社會、孕多種文化、育多元宗教」，這是真實存在，值得合理理解的現象。我們需要一個個案、一個個案慢慢的研究，為它們逐一建構通則。當我們建立、累積幾個通則後，就可化約解釋律較高的法則（law）或理論（theory）。

○　概念澄清

1. **相同律、差異律**（similar law, different law）：在比較研究與類型學中，常運用此兩項原則。前者是指人類運用天賦，觀察事物本質或外表後，再以心智將其化約，尋找相同的現象，用一個名詞或一個概念涵蓋諸多的現象。後者與前者相反，在觀察事物本質或外表後，尋找相異的現象，指出其差異點。進階版的相同律，研究者尚須探索其形成相同的原因，深究相同現象可能帶來的後果；進階版的相異律，研究者也會如法炮炙，論述形成差異之因，探索差異帶來的後果。

2. **因果關聯**（causal relationship）：科學的目的在於精確描述現象，論述現象間的因果關聯，及建構法則後預測未來。其中，描述現象為探索因果關聯的基礎，而因果關聯建構的法則，又為精準預測未來的前提。用這個角度看自然與社會科學家，他們是預言者，不過異於巫者的占卜之學，他們用的是因果關聯法則建構的知識作預言。由此，因果關聯是任何一位自然與社會科學家，必須認清的研究目標之一。在研究初起階段，他就要確認概念間的關係或概念群的關係，作為假設。整個研究就是收集此研究架構下、與概念相關的資料，證實或否證此假設。

3. **傳統宗教、教派及新宗教**（traditional religion, denomination, new religion）：人類的宗教發展史淵遠流長，從巫發展到傳統宗教，隨著時代的演變，再從傳統宗教裂解出教派，到了 20 世紀，出現了新宗教；這是用歷史的觀點看宗教的不同類型。事實上，巫潛藏於傳統宗教、教派或新宗教。每個時代都有新宗教的出現，而且它們也都可能有巫術。只是經歷時間淬鍊長久者，姑且定義超過千年以上的宗教，稱之為人類的傳統宗教。在當時，它們可能是挑戰、孕育自既有宗教的新宗教。例如，耶教挑戰羅馬宗教，原始佛教挑戰婆羅門教。在千年之內到 400-500 年間，稱之為教派；例如，基督新教喀爾文宗、路德宗挑戰天主舊教，五旬節教會融合黑人音樂與基督新教自立教會的傳統，而創立「五旬節宗」。到 20 世紀，人類的宗教自由容忍度逐漸變寬，政治與宗教分立的個案越多，新宗教在自由、民主國家不斷出現，如山達基教會、統一教、國際創價學會、中華玉線玄門真宗。然而，部分學者對此分類並不滿意，因為它遺漏超過百年歷史，又短於 400-500 年的「宗教」，乃建立「近代教派」

來涵蓋一貫道、羅教、理教、大巡真理教、天理教、摩門教等教派。

＊功課

　1. 為何個案研究也屬於比較研究？

　2. 比較研究進行時，應該思考哪些重點？

3-3 歸納、演繹思維

3-3-1 演繹法在研究中的地位與運用

　　研究生如果不懂亞里斯多德的演繹法（deductive method），作起研究困難重重。

　　什麼是演繹法？它如何運用？可用在研究過程中的那些層面？這是值得思考的問題！

　　高階研究生可以獨立研究，獲得博士（philosophy of doctor）頭銜。其中的 philosophy，除了知識專精、思路清楚外，尚隱含歸納、演繹、辯證等，求得知識的方法。這三種方法，皆有助於知識的探索、精緻化。其中，初入門的研究生，尤其應該善用演繹法。無論在研究初起、研究假設建構與論文書寫，它扮演吃重的角色。

　　當卡爾巴伯提「知識易誤論」，孔恩說「知識革命論」，不約而同指出理論會有缺失。因此，如欲找出理論的缺失，在研究初起之時，就可選擇、挑戰一個可能有缺失，放諸四海無法皆準的理論。

　　在研究循環過程，可選擇從問題或理論出發。如果用演繹法，就把理論當作「大前提」，而非以問題為始。再從理論轉化為問題，問說「此理論果真如此」，再根據它尋找相關的資料，這些資料形同「小前提」。

　　比對大、小前提，就可推論原有的理論正確與否。就像「天下

烏鴉一般黑」為理論、大前提，只要找到白色的烏鴉，就可推論「天下烏鴉並非一般黑」。此時，原有的理論出現瑕疵，就得修正它，才能持續存在。

再就研究假設來看，理論可轉化為待檢驗的假設，即可視為「大前提」。研究生在此結構下，找尋一個以上的個案，作為「小前提」。個案符合假設者，代表原有理論無誤。反之，只要有一個案超越假設的範疇，代表原有理論缺失。積累愈多異例（anomalies），就可能推翻原有假設（或理論），形成典範位移（paradigm shift）的知識革命。

無論是研究循環或研究假設，皆是演繹法的研究設計，用大前提、小前提及推論（inference）的「三段式論證」。兩者都從理論出發，視它為「大前提」。只是前者用「資料」、後者以「個案」作為「小前提」。也都用小前提比對大前提後，再作推論，而判定大前提（理論）是否能夠解釋小前提。要說這兩者的差異在那裡，應該是在於後者有個案研究思維，及是否懂得用單一個案、小樣本個案或大樣本個案等不同類型的研究，來挑戰理論轉化而成的假設而已。

這兩種演繹法思維作的研究發想，都適合初學研究生。而第二種視理論為「研究假設」的作法，又優於第一種視理論為「研究循環」的起點。因為，在社會科學、宗教學的研究，選擇單一個案或數個個案，用之否証理論，是既精確又便利的途徑。

由此觀之，研究生運用此法前，就應該洞悉「理論侷限性」，並觀察有那些個案可用來挑戰理論。將之建構大、小前提，進而引為自己的研究設計。至於，如何用演繹法書寫論文，就下回再論了！

○ 概念澄清

1. **知識易誤論**（knowledge falsifiability）：卡爾巴伯對科學哲學論述，最大的貢獻應屬「知識易誤論」。他被劃歸為「後實證主義」哲學家，對實證主義建構的知識擁有抱持懷疑的態度，用個案挑戰它，證明既有知識部分的謬誤。這思維讓舊知識越趨完美，形同在雞蛋中挑骨頭的研究思維，又稱為「精緻的實證主義」。從他的論述中，給研究者甚多啟發。在既有建構的社會科學理論中，並不完備，皆可將他們的理論視為待挑戰的研究假設。只要有這種想法者，就屬於卡爾巴伯的知識易誤論。

2. **歸納法**（induction）：在論文的書寫過程，經常採用歸納法。它是指將相同性質的陳述（個案）逐一排列，再用推論的思維，化約成一普遍性的法則。而在研究設計中，也可思考採用此法。它是指將多個同質性、具因果關聯的個案臚列出來，嘗試先作一推論，化約成研究假設。一般研究生只知用歸納法來書寫論文，鮮少知道用此法來作研究設計；當然運用此法作的研究設計需要多個個案，對初學研究者難度相對高些。

3. **辯證法**（dialectics）：最重要的兩位辯證哲學家蘇格拉底與馬克思。前者經常丟問題給學生叫學生自己尋找答案，當學生找到答案後，它將使答案駁倒，至於真正的答案為何，他不明說。學生只好二度、三度……持續尋找答案。在這種學生找答案、老師辯駁答案的過程中，逐漸出現相對真實的知識，此為蘇格拉底的辯證法。他留下的一句名言是：「我唯一所知道的是：我不知道。」後者的辯證思維受黑格爾的影響，認為人類社會總有正面與反面的力量，只有在正反相互的辯證過程會出現「合」。此時「合」為正面的力量，它又

會引起反面的力量，又會出現第二次的「合」。當「合」出現後，又為正面的力量，它再度引起反面的力量，持續出現第三次的「合」。依此類推，不斷正反相合，直到人類理想社會出現。此為馬克思的二元對立相合的辯證法，與蘇格拉底的質疑式辯證法形成差異。

＊功課

請您思考用演繹方法尋找一研究主題，作出研究設計，明確指出您的三段式的陳述？

3-3-2 演繹或歸納：研究的兩個路徑

初次作宗教研究，常誤以為只要會寫文章即可。事實上，研究不等同於作文。它需要有諸多準備功夫，得按部就班觀察、記錄宗教現象，閱讀相關理論、文獻，思考研究問題的盲點、困境，設計、推動、討論研究的主軸等。等一切資料完備後，才下筆寫研究成果。

如果要依序準備，研究方法論者常建議在演繹、歸納法的兩個研究路徑中，可以擇一進行。

宗教社會學者常選擇演繹式的研究路徑，從既有知識出發，從中擇一理論，發展研究主題，設計假設，勾連主要研究概念。確定後，再深入探索真實世界的現象，搜集、轉化為與本研究主題相關的資料。資料登錄，就可置入與假設有關的概念，觀察、檢驗、測試假設的存在。得到證實的假設，就可以成為理論。假設完全被推翻，就得重新思考理論的可行性。假設部分被推翻，則修正原有的理論。

至於宗教人類學者常選擇歸納式的研究路徑，從真實的世界出發。根據自己直覺與興趣，找一個田野調查點，長期蹲點，運用參

與、觀察、記錄法，大量記錄主題資料。再將搜集得到的資料，化約、分類成幾組資料，轉化為有意義的概念或概念群，從中論證資料、概念的意義。甚至，希望在概念間尋找合理的關係，建構彼此因果關係的解釋力。如果通則、法則得以建立，理論隱然形成。

　　在這兩個路徑，可切割「真實世界」、「研究世界」兩個領域。演繹法的路徑從上層「抽象的」研究世界，貫穿到下層「具體的」真實世界。歸納法的路徑則從下層「具體的」真實世界，往上攀爬到上層「抽象的」研究世界；兩個路徑剛好完全顛倒。就抽象層次來看，最高者為理論，次為法則，第三為通則。這三者本質相同，只是解釋力不一，都是研究者夢寐以求的理想。在其下為研究架構、假設、概念群，這三者彼此相關，皆屬研究者操作理論成為研究的「設計」。

　　以上都屬於抽象的研究世界，演繹法路徑尚須往下操作，根據研究架構、假設、概念群，到真實世界中搜集「具體的」相關資料。為了研究的聚焦效果，在浩瀚如海的真實世界現象中，只須篩選與主題概念有關係「有限的」資料。研究者在這兩個世界悠遊，用抽象的研究理論來解讀具體真實世界的行為。或是顛倒操作，用具體真實世界的行動資料，化約為理論；或印證理論的正確性；亦或建構新理論。

　　在「研究世界」與「真實世界」中，看似兩個截然不同的領域，實為一體兩面。客觀來看，真實世界早已存在於人類社會、地球與宇宙。所有的知識建構，全來自於此，只是等待研究者去探索、挖掘，將它轉化為具解釋力的理論。當宗教研究者建立起優質的抽象理論世界，它不但可以形成通則，解釋人文、宗教、文化、社會現

象。甚至，可用此估計未來真理世界的變化，進而像靈巫一樣，對人類提出警語，而這是研究者最高的境界及責任。

○ **概念澄清**

1. **眞實世界**（real world）：社會科學與自然科學研究者，分別面臨人的行為與物的行為兩種「真實」，這些真實構成了真實世界。社會科學家必須用自己的直覺、知識視野來看人類複雜的現象，他們活生生存在於地球村中。研究者必須客觀的理解這些現象，相對主觀的篩選同質的現象，它們都是「真實」的存在於世界中。研究者不可能面面俱到，窮盡所有的真實世界中的社會行為或個體行為，它只需要根據自己的研究旨趣、主題、問題意識、理論假設觀照與之相關的真實世界中的真實。

2. **研究世界**（research world）：研究者面臨真實世界後，將同一類型的現象或事實，觀察、記錄並轉化為資料，再將同類的資料化約、綜整成一概念或概念群。優質的研究者不斷抽象化這些過程，再將相關聯的概念與概念群作成研究假設，接下來用諸多資料、觀察值、個案來證實假設的合理性，或否證假設。

＊**功課**

根據自己的研究旨趣，擇一學門、主題，作合宜的研究設計？

3-3-3 研究途徑：學科、方法、理論與概念群

國內部分研究所的「博碩士論文」，要求研究生在「緒論」中，書寫研究途徑（research approach）。不少研究生不知其意而提問：「什麼是研究途徑？它與研究方法有何不同？」

　　我常回應，前者小、後者範疇大，兩者彼此有關係，前者只是整個研究方法的一環。

　　由於一般研究生對研究途徑往往不求甚解，只好從他人論文如法炮製、複製，選擇自己認為恰當、但不一定正確的「研究途徑」置入文中。更別說能夠操作它，且運用它來發展研究了！如果我們綜整前輩學者對研究途徑的看法，從鉅視至微觀皆有人論述。可說它的意義，仍然處於「盍各言爾志」，各抒己見「多意」的情境。

　　鉅視者，將之比擬為「學科」（discipline）領域，用此接近（approach）研究主題。如以「至高神」為例，研究生可用神學、哲學、史學、社會學、人類學或心理學等任何一學科加以研究，皆可作出不錯的成果。此時，可稱「學科型」的研究途徑。範圍稍微小者，將之比擬為「方法」（method）視野，再用此看研究主題。又以「至高神」為例，可用「比較法」（comparative method）對全球各宗教的至高神研究；也可用年鑑史學派，作跨時、空的「比較歷史研究」；或是運用「個案法」（case method）作某個宗教的至高神研究。此時，則可稱「方法型」的研究途徑。

　　與前兩項概念相較，我比較傾向建議研究生採用「理論型」的研究途徑。它的範圍又比前兩項概念更小，是把「理論」（theory）當作變項，與研究主題中的問題勾連成理論假設（theoretical hypothesis）。如果如此操作，再以「至高神」為例，就可選擇「起源論」、「變遷論」、「融合論」、「功能論」、「封神論」、「經典論」、「象徵論」等任何一個理論，與它連結，即可構成「研究架構」。此時，我們可稱之「理論型」的研究途徑。

　　比較難的是用「概念群型」的研究途徑，它可以從理論中的變

項發展而來，也可完全由研究生自己創造。由於這兩類皆需要一組以上的「概念群」，來勾連研究主題變項；因此，研究生對宗教問題的細膩觀察現象本質的洞察力，及連結合理變項的因果關係思考力，就益顯重要。

我一向認為，入門學習的研究生，應該從簡單的「理論型」研究途徑出發。依此，將合適的理論與主題連結，就可在此架構指引下，作相關資料的收集。多作幾回研究後，就可嘗試運用「概念群型」的研究途徑。先從理論發展「新變項」，再逐漸轉換，創造與理論無關的「新變項」。如此一來，或許可以作出新的研究貢獻。

比較前面四個研究途徑類型，對於研究生而言「學科型」與「方法型」的研究途徑，最為簡單。它們只是個概念的選擇；因此，理解之後，並不太適合將之寫入論文的緒論。反而，「理論型」與「概念群型」研究途徑，相當適合作為研究的想像及發動，雖然難度較高，只要找到名師指引，將像「桌上拿柑」及「一片蛋糕」（a piece of cake）般的容易。

如前面所言，它與研究方法存在頗大的差異。至於研究方法的內容為何，又是個大問題，只能下回再論了！

○ 概念澄清

1. **學科**（discipline）：在圖書館及大學學院，常把知識分門別類，切成人文、自然科學與社會科學三大領域，在將它們細分各個學科。以宗教研究為例，與它相關的學科涵蓋上面三個領域，傳統的宗教研究是以人文學中的神學、藝術學、倫理學、史學與哲學為主要範疇。這些學科都對宗教提出該學科的主觀價值判斷，而哲學是對神

學提出反思的批判。在宗教學之父穆勒提出科學的宗教研究後，語言學是他的最愛；然而，後起之秀另闢蹊徑，用社會科學的人類學、社會學、心理學來研究宗教。最近幾年出現了政治學、法學、管理學、經濟學等學科來研究宗教。至於自然科學研究宗教，尚屬於新的處女地，只有少數投入研究。

2. **方法**（method）：廣義的方法為方法論（methodology），狹義的方法只談資料收集及知識探索。前者是指對方法的反思，選擇適合的用方法作研究設計，以方法來資料收集，用方法作資料分析、綜整與辯證，以方法探索知識，用方法將現象化約為資料、概念、概念群、假設與研究架構。後者則只論如何用方法對研究主題的資料作合理的收集，避免事實誇大主義，收集一堆無用的資料；而且對資料分析、綜整、辯證之後，突破究舊知識，創造新知識，累積人類既有的知識。

3. **新變項**（new variable）：變項等同概念，是研究生在舊有的知識中，尋找合適的概念探索其研究主題。如果要突破舊有的知識，就可能在既有的概念群中，創造一個或數個新概念，來對既有的主題作另類的研究。因此，研究生創造新概念，為其優質研究的重要基礎；而此新概念就是新變項。光靠研究生對其主題的細膩觀察，真實世界的宗教現象中，看到別人所沒看到的宗教行為，才有可能有新變項的出現。

＊**功課**

請研究生用理論或概念群當作「研究途徑」，來作主題相關的研究架構？

Chapter4　如何書寫與例子

4-1 書寫

4-1-1 如何用「描述法」書寫研究論文

研究生常問：「老師～宗教研究論文如何書寫？」

我常回應，得看研究生的企圖而定；然而，宗教學領域的論文書寫「萬變不離其宗」，絕對不能遠離科學研究的目的。接著，研究生又問：「那科學研究又有那些目的？」我則回應，科學有「描述」、「解釋」及「估計」等三個不同層次的目的，端視研究生對論文的期待，而作不同目的的探索。

其中，研究生如果沒有具體而微的觀察，不可能作細膩的「描述」，也就無法為科學研究作基礎的工作。至於，「解釋」則是宗教研究較高層次的目標，希望從中找出法則，進而建構解讀事實的理論。最後，「估計」更是科學研究最高的層次，運用優質的「理論」，預測未來行為的方向。

因此，為了追求科學的知識建構，宗教研究論文書寫皆逃脫不了「描述」，它是研究的基礎工作。研究者根據自己觀察、體悟的角度，記錄真實世界（real world）中的各種宗教事實（facts），使它們貼近真實（realities）。由無數個「相關聯」的真實，始能組成回應研究問題的真相（truth）。研究生進入真實世界或到圖書館採集資料，需要掌握「鉅細靡遺」、「深入」及「系統性」等技巧，才有助於事實的描述。此時，他更能針對問題，而貼近真實的梳理，進而釐清問題的真相。

接下來的問題為：如何「鉅細靡遺」的描述？我深刻體認得善用上天給我們「思考」、「直覺」的天賦，將它們用在觀察「問題」

上。並用於資料、理論閱讀過程，及進入宗教現象世界的觀察上。他在問題的帶領下，不能只看「大的」資料，如「見林不見樹」，或只看「細的」資料，如「見樹不見林」。而是要綜合「見樹」、「見林」兩種觀察的技巧，作直覺式、質疑式的資料記錄及描述。

　　再者，是如何「深入」的描述資料？我認為在宗教的真實世界現象，及圖書館中的資料，皆浩瀚如海。研究生唯有靠問題指引，才能進入這兩個領域，分別記錄及閱讀相關的資料。而資料的多元性、複雜性，皆使研究生在描述時增加難度。因此，如要深入資料堆中，不能只看行為的「表象」資料，還要探索其「內在」本質相關的資料。不能只看「單一時空」的資料，最好能有「跨區、跨時空」的視野，搜得的資料。不要只追查「單一原因、效果」的資料，也要思考「多個原因、效果」的可能性資料。不要單純的「平等」看待每個原因、效果及表現出來的資料，而要分出「輕、重、緩、急」等不同層次原因與效果，所顯現的資料。

　　最後，是如何描述「系統性」的資料？我以為根據「問題」，所搜集的「理論」、「事實」資料，皆可將它作細膩的分類（classification），自然就接近系統性的資料。此外，與問題相關連的周邊現象，包括「主要」、「次要」問題，或是「主軸」問題，及與主軸相連結的「系脈」，皆自然天成為一「系統」，乃值得研究生作合理的描述。

　　另外，如果研究生把主題置於「文化」、「社會」、「自然界」或「宇宙」的結構中作觀察記錄；此時，它們之間易產生「系統性」的連結。因此，研究生對它們作合理的描述，將有助於主題的釐清。

　　還有一種「系統性」的描述，是「回到物自身」，來理解「物」。

以宗教儀式的研究為例，研究生可把它視為一「系統」。只要與儀式有關的人（Who）、事（What）、時（When）、地（Where）、如何（How）、原因（Why），皆可作仔細的描述。

由此來看，用「描述法」來書寫研究論文，還是有它的巧門及功能。研究生不但不能小覷每個巧門。而且，要擇其中部分的方法來書寫論文。不能忘記，沒有「鉅細靡遺」、「深入」及「系統性」的描述宗教現象，就無法作進階版的「解釋」及「估計」研究。

○ 概念澄清

1. **科學**（science）：科學可以分為過程、目的兩個層次，前者是指一組探索知識的方法，後者則為知識本質。社會科學家受自然科學影響，將自然科學中探索知識的觀察法、實驗法、研究設計法、研究問題提出法、研究論文書寫法等方法，帶入社會科學研究，出現實證主義及後實證主義兩大學派。根據這些方法，探索自然界與人類社會界的現象，建構出知識，就稱為自然科學與社會科學。在這兩個學術領域中，都牽涉到客觀描述、合理解釋及對未來的可能估計三項知識目的，也是研究論文書寫的目標。

2. **事實、真實與真相**（facts, realities, truth）：科學家用肉眼或儀器觀察自然與社會現象，常「眼見為憑」作記錄，此種記錄稱之為「事實」。然而，在肉眼或儀器所未見及的現象，可能存在於真實世界中，這種現象稱為「真實」。研究者必須謹慎處理事實，盡可能讓它接近真實，才有可能探索「真相」。

3. **研究對象**（research object）：自然科學研究聚焦於自然界中的各種「物」的現象，社會科學研究聚焦於人類社會中的各種「人」的現

象，探索物及人現象（行為）之理。而有物理學、化學、醫學等學科；及社會學、人類學、政治學、經濟學、心理學等學科。至於宗教學則研究人的宗教活動（行為、現象），探索宗教活動的法則。牽涉的層面除了宗教本身的神聖面以外，尚包含宗教之外的世俗面。因此，宗教研究的對象可以細分為神與神聖物、儀式、經典與思想、組織、場所、教主、神職人員與信眾等 7 個面向。

＊功課

　1. 設定研究主題中的 5W1H？

　2. 判別事實、真實與真相的差異及關連性？

4-1-2「推論」如何用在研究報告書寫

　　1970 年代的碩士論文，社會科學研究法並不盛行，十之八九的研究生喜歡常用歸納法、演繹法作為研究方法。當時，研究生也不以為意，彼此抄襲，很少探究這些方法實際運用的情況。及至 1980 年代，社會科學方法論逐漸引入台灣，才知道「方法論」中的歸納法、演繹法，或是辯證法，皆以資料、現象在作推論。它們是探索知識、修正知識或不斷的接近知識的基本法則。不僅如此，也可運用它們來書寫論文。

　　先談演繹法，它遠可追至古希臘時代的亞里士多德（Aristotle, B.C.384-B.C.322），近則與近代的笛卡爾（René Descartes, 1596-1650）有關。它分為第一段「大前提」，第二段「小前提」，經由推論，得到第三段「結論」，此論述稱為三段式推論。依此思維套用在論文書寫，在大前提部分，可把既有的「理論」鋪陳開來，而在小前提部分，可把調查的資料或文獻逐一列出，接著就可推論，

再觀察大前提是否包含小前提，如是，原有大前提（理論）屹立不搖。如果大前提完全無法包含小前提，此時，大前提（理論）為之動搖，可能得另立「理論」。如果大前提包含部分的小前提，此時，大前提（理論）稍微動搖，作合理的討論後，可能得修正原有的「理論」。

再看培根的歸納法，它的思維與演繹法剛好相反，沒有任何的大前提當原則。只有將搜集回來 N 個同質的資料，依序排列。每個陳述都可視為小前提，接著推論，從中化約出共同的「A 原則」。當然，非同質的 N 個資料，就得另外處理。可將每個陳述視為另一類的小前提，再將它們依序排列，接著再推論，一樣從中化約出共同的「B 原則」。如果，再把兩個 A、B 原則相互對比，或許又可尋找出新的「法則」。

再來，我們可想想蘇格拉底、馬克思的辯證法。前者採用不斷否定既有陳述的方式，在辯駁每項陳述後，知識出現的可能性升高。形同否定各種可能，就可推論剩餘存在者為真。後者，則是認為既存為「正」，必有否定既存的「反」，兩者相比後推論，「反」可替代「正」，稱為「合」。不斷的循環，「合」又為「正」，它必有否定既存的「反」，兩者相比後推論，「反」又可替代「正」，稱為「合」。這兩種辯證推論各有千秋，端賴研究者在書寫論文時的使用。以蘇格拉底的思路，必須挑剔既有的陳述、理論，才可能讓研究的資料脫穎而出。而馬克思的二元正反辯證，讓研究者得知，「正中有反」或是「反可為正」的矛盾論述。

由於，社會科學深受自然科學方法與知識建構的影響，幾乎都會作「因果關係」的思維，並且，藉之書寫研究論文的內容或結論。

因此，研究者運用上述各種推論（inference）方法，來建構抽象層次高通則、法則或理論，乃是合理的書寫方式。我們書寫論文時，固然可以運用這些推論方法，然而，它們並非論文書寫的全部法則。其他，尚有「分類法」、「描述法」、「詮釋法」、「比較法」、「批判法」等各種書寫方法。研究者在書寫過程中，應該隨著資料內容，再取捨那個方法。在此，我們只能點到為止，等待下回再作分解。

○ **概念澄清**

1. **推論**（inference）：論文書寫除了平鋪直敘，將現象（行為）說清楚、講明白外，研究者常將相同性質的資料鋪陳後，作歸納式的推論；或將大前提的理論資料書寫在前，小前提的個案資料書寫於後，兩相對比後，作演繹式的推論；也有用正、反面陳述的資料並陳，再作辯證式的推論。這三種推論是人類天賦所擁有的跳躍式思考。跨越既有資料鋪陳、對比後，進入抽象的推理，而後產生新的結論。

2. **批判法**（critical method）：社會科學受人文學研究影響，引入了批判法在其論文書寫內容中，而此是自然科學研究所未見。例如，社會科學家經常收集與主題相關的文獻，或將既有理論與研究主題個案作對比，或將多個個案來挑戰既有理論，這三種狀況都可能運用批判法來書寫論文。在批判的過程彰顯出既有文獻的優劣，及既有理論的缺失或圓滿性。因此，優質的研究者在文獻回顧及論文本文的鋪陳中，皆可隱隱約約論述了舊知識的缺憾，批判前賢的論述。

3. **多元辯證**（multiple dialectic）：馬克思的二元對立是指正、反對立之後，形成的合；蘇格拉底則是將既有答案的否定；這兩者皆屬二元對立辯證。然而，人世間的社會現象或人的集體、個別行為，經常

在不同文化框架下，產生了多元意識形態、語言文字、風俗習慣或社會、政治、經濟體。因此，二元對立的辯證思維，有時候無法完整陳述多元現象、多元對立或多元競合的人類社會行為。研究者如果可以從多元辯證的角度去看同一主題的研究，及其背後的社會、宗教、文化力量，將可能出現新的研究視角與結論。

＊功課

嘗試根據自己研究主題中的一個小問題，用歸納法、演繹法或辯證法書寫 500 ～ 1000 字的短文？

4-1-3 作文與研究論文書寫的異同

有時候，研究生會問：「研究論文書寫有一定的規則可循嗎？」

我常回應，理論上會寫作文，將有利於研究論文的書寫。只是兩者的本質還是不同，前者是主觀的論述，而後者是科學的研究。此外，兩者在段落的多、寡，格式的有、無，內容資料的選定，詞彙的運用等，皆存在諸多差異。先就本質來論，作文中的論說文，經常是作者「主觀的」臆斷與論述。它憑藉自己對現象的觀察，合理運用過去的歷史經驗，將之結合後，推論未來的可能情境。

無論是自然科學或是社會科學的研究論文，都是作者「相對主觀的」科學分析、綜整的知識。它必須在客觀現實世界的現象中，尋找可重複檢測的「法則」，用它來解釋或推論既存的現象。相形之下，雖然作文也運用客觀的現象或史實，但是卻具作者濃厚的主觀的推論。它的臆測可能符合科學法則，但絕大多數遠離科學知識。

再就結構來說，傳統作文的段落，常分啟、承、轉、結或啟、承、轉、承、轉、結等 4 ～ 6 段，可以將之比擬在論文書寫的 4 ～

6 個篇「章」。其中，啟與結等同緒論與結論；而承與轉，可視之為本文的章節。只不過論文本文大都用 3 ～ 5 章來論證，鮮少幾個段落就結束。優質的作文，經常在承、轉之後，有可能再承、轉一次到二次。像新聞評論的方塊文章，頂多上千字，社論稍微多些，也只有 2 千～ 3 千字。而研究論文少則 1 萬字，多則數萬字，或十幾萬字，遠非作文所能及。再者，就格式來論，作文只有「主題」，而無任何格式。相反地，研究論文在訂定「主題」後，它的內容所規定的格式甚多，以便系統化、條理化它的長篇大論。

整體而言，它還要有「目次」、「章節名稱」、「註解說明」、「各種圖表」、「中、英文參考書目」、「附件」、「照片」等基本格式。其中，緒論、結論書寫那些節、次，也都有一定的要求。接著，我們再來看兩者在內容資料選定的差異。作文時，作者常先有一先入為主的視野，用此作論述或推論。雖然，有時它會依附在客觀資料上；但在下結論時，卻又常充滿了價值判斷。

至於研究論文，作者的鮮少以主觀的視野作論述。如有，是運用科學家相對主觀的規範，建構在客觀的資料上作論述或推論。而且，在下結論時，只能有價值中立的「法則」，而非價值判斷下「道德律」的勸說或指責。最後，再就詞彙的運用來看。作文的目的在打動人心，說服讀者的認同。因此，在它的整篇文章、諸多文句、各種詞彙的使用，毫無限制。它可以白描陳述事實，也可使用美麗的詞藻，形容真實現象。

而研究論文詞彙運用的限制可多了，它只能客觀陳述現象。當出現一分證據時，只說一分話；三分證據說三分話。出現形容詞是它的禁忌，更不得任意作溢美之詞的陳述。簡言之，會作文的研究

生，有利於研究論文的書寫。但是，在操作研究時，必須符合研究的基本規範與要求。尤其，避免將寫作運用華麗詞彙的習慣，用到研究論文來。

○ **概念澄清**

1. **道德律**（moral law）：人文學的研究屬於人類價值判斷、主觀性的研究，根據這項方法而作出「道德律」的判定，又稱「道德理論」。相較於社會科學與自然科學，這兩類學問追求的是價值中立、客觀性的研究，據此作出「法則」、「通則」或「理論」，又稱「科學理論」。

2. **論述**（discussion）：一般作文用有限的客觀材料作主觀的臆斷與論述；人文學的研究對主觀的價值判斷作合理的論述；社會科學研究則根據資料作合理的論述。三者都引用論述的方法，但是書寫的內容大不相同，以作文的自由度最高，人文學研究其次，社會科學最低。然而社會科學研究的對象為人及其行為，因此受詮釋學的影響，也經常作出本質性的論述。

＊**功課**

　1. 練習將自己的研究主題書寫章節目次？
　2. 自己練習寫一篇研究短文？

4-1-4 如何書寫研究論文的「頁下註」

　　研究生常有疑惑，問說：「論文中的『頁下註』為何有多種樣本，應該如何書寫才合理？」我常回應，要看人文學及社會科學領域的學科而定，並非完全一致。最好依據自己研究內容，歸屬那一

學科，再決定如何書寫「頁下註」。

　　話雖如此，人文學及社會科學領域的碩、博士論文或學術期刊、委託研究報告，常引用書寫的頁下註，筆者以為它有共通性，當然，也有些微的差異性。它的書寫格式多元，以頁下註補述正文，提供參考意見，而不妨礙正文的發展。整體來看，它有「引出」參考書目的功能，也可將相似或相異的論點「並陳」於頁下，或是藉此表現作者對論文以外的論點，作「論證」能力。而這三個頁下註的基本書寫原則，都在展現研究生的思維及論文的基本規範。

　　就「引出」參考書目來說，在社會科學的論文，喜歡使用「文中註」，以（作者○○○，年代：頁碼）表現出處。而人文學的論文，未用「文中註」，而以「頁下註」的方式，書寫（作者○○○，年代：頁碼）的引文。此時，就參考書目註解的書寫來看，「頁下註」具有與「文中註」相同的功能。研究生得依照研究、學術單位要求，決定採用那種方式。如以本地的宗教學研究期刊來觀察，台灣宗教學會辦理的《台灣宗教研究》半年刊，採社會科學的文中註。靈鷲山教團主辦的《新世紀宗教研究》季刊，則採用人文學的頁下註。

　　再以論點「並陳」的角度來論，研究生為了表現他對本研究的知識廣度，在「頁下註」可旁徵博引，引用兩本以上的相似論點。反之，如果對本研究的論述，其他論者有不同的論點，作者於本文書寫主要正面論點後，在頁下註引出相反的論點。無論相似或相反的論點，皆可在「頁下註」表現。它可以是單一出處，也可有多個註解。從頁下註的書寫，既展現作者知識的廣度及深度，也指引讀者按註解搜索相關的資料，以便快速進入此研究的主題理解。

　　最後，再以作者的「論證」能力來說：當文中的論述已經相當

完備。然而，仍然有許多資料可以參考或論述。此時，不僅止於引「出處」，而是在頁下註中「闡述」作者的「見解」或「判定」。有時，是為了展現作者的「見解」。他為了不妨害主論文的主軸及論述的流暢度，乃把相關的辯證，或對他人論點的辯證，置於頁下註。藉此表現出作者具有主體性的論證能力，及對後續研究的可能發展。

另外，研究者發現同一事件有多種「判定」，作者在比對之後，決定把相對「正確的」判定寫在正文，而在頁下註處理其餘不同的判定。此種書寫，作者可強調它們的錯誤點或可疑點；也可指出本文正確判定點的原因。

由上可知，頁下註具有「註解引出」、「正反並陳」及「多方論證」等多種的功能。其「運用之妙」，完全仰賴研究者對理解，及在研究進行時，判定要採用那一種功能。

○ 概念澄清

1. **論證**（discussion and proof）：社會科學研究論文的書寫，不外乎討論及證明兩個步驟。前者，是將既有研究成果相互討論，再與自己研究主題的資料深入比對討論。後者，是將討論的成果，作推論、確證或否證自己主題的假設是否正確；或自己主題資料的鋪陳能否突破既有的理論。因此，在論文書寫過程中，討論在前，證明在後。討論時，可分為兩個層次，第一，先將與自己研究主題相關的理論作辯證；其次，再用自己的主題資料，與既有知識對話。這種雙重或多重對話、討論，將可帶來印證自己原有的想像，建構新的理論。

2. **判定**（judgment）：作研究時，必須有兩種判定。首先，在作文獻回顧時，面對同一主題全然矛盾、全然相似、部分矛盾與相似的理論，

於閱讀之後，自己要做類似「裁判」或「法官」（judge）的工作，判決理論的優劣、解釋力的強弱及理論的侷限性。其次，在論文書寫時，將自己主題研究的資料作合理的篩選，並將資料作合理的鋪陳，再將鋪陳的資料與既有的理論對話、證實或否證自己的假設；研究者都要作自己合理的判定。這兩種狀況下，研究者必須擁有「理性」的「主體性」，謹慎處理資料，並將之與理論比對、質問之後，相對合理的判定油然而生。

3. **引述**（quote）：論文異於作文，在書寫時，必須旁徵博引。徵與引就是引述資料、概念、理論或成名者的主要論點。引述有兩種狀況，第一種引用全文，必須用「 」，將之涵蓋起來。第二種是在理解他人論點後，用自己的文字，呈現其原來意涵。這兩種引述都要加註解，不然就違反學術倫理，甚至被判為抄襲。

＊功課

1. 練習書寫頁下註及文中註的參考書目？
2. 練習在頁下註中書寫相關的論點？

4-1-5 描述、詮釋與解釋：宗教學研究書寫的層次

研究生常問：「老師～如何判定研究的優、劣？如何書寫研究論文？」

我常回應，此問題的答案很複雜，一般教授的評論，常根據「選題」、「研究方法」、「內容豐富度」、「論文結構合理度」、「論文實用價值」及「研究貢獻度」等項目，作為判準（criteria），提出褒貶。

但是，我認為可以從研究的整體本質來論，看該篇文章是屬於

「描述型」論文，或是「詮釋型」論文，還是「解釋型」論文。亦或是融合其中兩類或三類概念，書寫出來的研究成果，再來斷定優劣。因此，我們就須要回到「描述」、「詮釋」與「解釋」這三個概念的理解。先釐清它們在「對象」、「內涵」、「立場」、「方法」、「知識論」等各層次的意義及差別；才可能在作研究時，進一步運用它們，寫出擲地有聲的論文。

先就「對象」來說，描述的是真實世界中，早已客觀存在的宗教「現象」。詮釋常以經典、宗教「現象」為對象；解釋則是用來看個體或群體的宗教、人文、社會活動。

再就「內涵」來看，描述是指宗教科學研究的基礎，用文字、圖表、影像來呈現真實世界的宗教「現象」。詮釋是宗教、人文、社會研究的重點，從經典、宗教「現象」中，尋找其內在意義與象徵。解釋則是宗教科學研究的高階目標，尋找「現象」的原因，常以文字、方程式、圖型來建構法則。

第三，看三者的「立場」，描述與解釋是指研究者冷眼旁觀，客觀的看待、解讀被描述的客體，比較類似科學家在實驗室裏用上對下的階級心態對待白老鼠。用它來看待早已存在的宗教人、事、物，是接近局外人（outsider）的立場。詮釋的研究者則常以「人同此心，心同此理」的態度面對被詮釋者，應該介於 outsider 與 insider 之間，或許可命名為融入者（mixer）。

第四，看其「方法」，描述用價值中立（value free）、客觀（objectivity）的方法，鉅細靡遺呈現宗教現象。詮釋則運用時間、空間，或社會、文化、宇宙的脈絡（context），論述被詮釋者的本質、象徵與特色。解釋是指研究者以 A、B、C 等概念代表不同類組的

宗教現象，尋找其可能存在的因果關連法則，論述彼此的關係。

　　最後，看其與「知識論」的關係，描述是宗教研究的基石，知識論建構的底層基本條件。詮釋是宗教研究的內在本質，足以建構宗教知識中，有關人文、社會價值的深刻意涵。解釋是宗教研究的高階，有利於宗教知識論的科學建構。預估則是宗教研究的最高階，足以建構出理論、法則，來預測未來的宗教行為及活動。

　　明白上述道理，就可用描述、詮釋與解釋這三個概念評價既有的宗教學研究，或運用在自己的宗教研究書寫上。光是描述宗教現象，固然留下客觀記錄，但它只是基礎功夫的研究。如果能輔以深入的詮釋，書寫其深刻意義與脈絡，將提升整個研究的品質。當然，宗教研究者如果能對主題探索清楚描述、詮釋之餘，再從宗教現象中提出具解釋力的通則、法則或理論；那麼，此論文的貢獻度又再提升了一級，對既有的知識補強或再突破，建構新的知識典範。

　　不過，同樣為解釋型的論文，仍然有水準高與低之分。端看研究者篩選主題的新穎程度，資料收集完整性及論證資料、解釋理論建構的實際表現而定。宗教研究成果能提出解釋力愈高，涵蓋面愈廣，創新度愈佳的理論，應該是研究層次高、書寫佳的論文。

◯　概念澄清

1. **知識論**（epistemology）：西方哲學以知識論見長，東方哲學以道德論為主軸。兩相比較，各自發展出來知識科學及道德律。在蘇格拉底與柏拉圖以來，他們不斷運用方法探索人類外在世界的法則，這些法則得到確證後，可以當作解釋現象的知識與真理。在方法論與知識論間存在彼此關聯，透過方法論可以建構知識論；反之，運用

知識論反省方法論的合理性。因此，在哲學領域中，這兩類的知識對研究者產生不可忽略的影響。

2. **局外人、局內人、融入者**（outsider, insider, mixer）：社會科學受自然科學影響，研究者常採取局外人的角度，看待被研究者。此時社會科學家把社會當作實驗室，觀察的對象當作實驗室中的白老鼠，他們以上對下的角度看待白老鼠的行為。社會科學家也自我反省，認為可以接受自然科學的方法論，但不全然放掉社會科學對象為人的複雜性、宗教性、同理性，因此這類研究者就主張局內人的研究立場。他們站在人同此心，心同此理的立場；甚至被要求加入研究對象的團體中，從近身觀察，同理心的訪問，作出尊重不同領域、不同文化人類行為的資料與研究。至於融入者，是我一貫採的折衷立場，介於局外人與局內人中間，既不以上對下看待研究者，也不完全融入被研究者，而是採取中庸的立場，部分融入，也部分站在局外相對客觀的觀察記錄與訪問，以作出合理的研究。

3. **選題**（select topic）：研究者進行研究面臨的第一困擾為如何選題，一般可分為從理論選題，或從現象選題兩大路徑。前者在熟讀相關理論後，擇 1～2 個理論發展出來假設，再用自己熟悉的個案來檢驗假設、證明主題的合理性。後者，持相反路徑；先在真實世界尋找合適個案、多個個案、少數個案，當作研究主題，從中建構假設來證實或否證這些個案的合理性。在證實的過程也可以引用既有的理論與個案作對話，才作最後的結論。

＊功課

1. 以自己的研究主題為例，論述該研究是屬於哪一類型的研究？

2. 在研究立場上你想選擇局外人、局內人或融入者？

4-1-6 如何製作優質的「表」與「圖」

　　表（table）是社會科學（含宗教學）研究論文常見的內容之一。無論是質性或量化論文，皆可用表闡述作者的想法，其中，量化論文比質性論文，用表的機會多出許多。然而，表的本質、目的為何？它如何製作？它又有那些形式呢？這些問題，都值得探索。就「表」的本質來看，作者想用它表達「一目瞭然」系統性的資料。所以，常用表「簡化」論文內容，內文則相對「詳細化」論述表的說法。

　　簡言之，研究者常用簡潔有力的表，來展現論文中複雜的思想、概念或數字等資料。最簡單的表為「一個」概念群，製作出的「表」。例如，在張道陵通神後，書寫的《北斗真經》中闡述，貪狼、巨門、文曲、武曲、廉貞、破軍及祿存等北斗七星，是人的生命之源及壽命的主宰。各自掌理鼠、牛、虎、兔、龍、蛇、馬、羊、猴、雞、犬、豬等 12 生肖，稱為「命源北斗，命歸北斗」。依此，就可製成下列的「一元表」。

北斗七星主宰生肖表

學名	掌命星神	生肖
天樞	貪狼	鼠
天璇	巨門	牛、豬
天璣	祿存	虎、狗
天權	文曲	兔、雞
玉衡	廉貞	龍、猴
開陽	武曲	蛇、羊
搖光	破軍	馬

　　稍微複雜的表為「兩組」概念群，製成的「交叉表」。如巫術

的「類型」及「象徵」兩組概念作交叉。前者，分為「模擬巫術」
及「接觸巫術」兩類；後者，分為「象徵物」及「象徵意」兩類。

祭解物品巫術表

巫 項目	模擬巫術						接觸巫術		
器物	關限	五鬼	白虎	天狗	童子	紙人	衣服	哈氣	刷身體
象徵	關厄	魑魅 魍魎	凶神	凶神	關限	替身	祭解者	改運	改運

依此，就可製成下列「二元交叉表」：再進階的表為「兩組」
概念群，各有 3 類，交叉後，成為 9 個區塊。以道爾的多元政體類
型來看，分為包容、參與兩個概念群，兩者交叉分高中低三個層度，
就可切割成九個區塊。其中，低度包容反對力量、低度容許人民參
與，為「霸道政體」。反之，高度包容反對力量、高度容許人民參與，
為「多元政體」。

多元政治二元交叉表

包 容 程 度	高	霸道 包容高	包容高 參與中	多元 政體
	中	包容中 參與低	包容中 參與中	參與高 包容中
	低	霸道 政體	包容低 參與中	霸道 參與
		低	中	高
			參與程度	

　　再如研究的主題設計，可以分為「時間」及「內在」的兩組概念。「時間」又可分為「過去」、「現在」及「未來」三個項目；「內在」也可分為「情感」、「態度」及「認知」三個指標。兩組概念交叉，可產生九種可能，它們可用表呈現，也可繪製成圖。研究者可以在這九個區塊中，挑任何一個區塊，作為研究的主題，調查研究對象的情感、態度或認知。企圖心強的研究者，則可在某一時間軸下，調查受訪者的情感、態度與認知。如果再把時間的橫軸拉長，則可調查老百姓過去、當下及未來的種種情感、態度或認知的趨勢。中研院的台灣地區社會變遷調查，每隔五年做一次，已經累積了數十年的資料庫，就屬於第三種的長時期的趨勢調查。

三元交叉表

情感	過去 情感	當下 情感	未來 情感
態度	過去 態度	當下 態度	未來 態度
認知	過去 認知	當下 認知	未來 認知
	過去	**現在**	**未來**

　　依此，就可製成下列「三元交叉表」或圖：如果是時間（年）、概念（概念群）、數字等三種關係的資料，可用時間為橫軸，從遠至近依序排列。再與概念（概念群）的數字資料連結，即可製成賞心悅目的表格。當然，也可將表格內容轉化為圖。

　　就可製成下表或圖：由此可知，無論是「一元表」，或是「二

元」、「三元交叉表」，皆是研究者展現複雜資料的方法之一，常見之於論文中。研究者根據資料，將之轉化各類型的表，展現自己獨到的巧思、見解。然而，在以質性資料為主的「表」，很難轉化為「圖」。反之，在量性資料為主的「表」，就可將它轉化為「圖」。至於用「表」或用「圖」，端視研究者論文的需要而定。

新莊地藏庵頒發獎學金表（2006-2016）

時間 （年度）	數量 （人數）	金額 （費用）
2006	271	1,653,000
2007	271	1,744,000
2008	281	1,776,000
2009	304	1,874,000
2010	304	1,934,000
2011	315	1,944,000
2012	300	1,881,000
2013	295	1,886,130
2014	297	1,860,000
2015	298	1,882,000
2016	295	1,869,000
合計	3,231	20,303,130

○ 概念澄清

1. 圖與表（chart , table）：社會科學受自然科學影響，將觀察所得到的社會現象製成圖，也把收集得到的資料作成表。有時用圖來表現表；相反的，表也可用圖來呈現。無論是質性或量性的社會科學研究，

皆可用圖與表來呈現複雜的資料。如果將時間變數加進來，常可製成趨勢圖，去除時間變數，則可作成 pie 圖或 bar 圖。

2. **交叉表**（cross table）：製作表格時，可以思考用兩個不同卻彼此相關的概念，當作 X 軸與 Y 軸，形成十字型的交叉，再將此兩個概念下的事實資料，置入表中，就可表達、解釋兩個概念間的相關性。當然，也可將此交叉表製成趨勢圖或類型圖。

＊功課

1. 練習將自己研究主題收集回來的資料，作成一元、二元交叉、三元交叉表？
2. 練習將自己的三元交叉表轉化成圖？

4-1-7 脈絡與方法：《道德經》再詮釋

此次，應台灣省道教會張理事長榮珍宗長之邀，與諸多道友分享我對《道德經》的淺見。讓我重新思考、展讀、分析、綜整，在大學、碩士班時對它的理解。這次讀後，自己又有另外一番「瞭悟」（verstehen）。

講座前，我私下揣測，如何看待《道德經》81 章 5 千言，比較合理？用什麼方法解讀它，比較容易貼近老子的意理？如何讓道友快樂、快速吸收這本難解的經典？這三個問題，是大哉問，也值得我提出合理的解答。

我以為除了傳統經學研究、講述，是基礎功夫、值得參考外；現代已經發展出的「詮釋學」、「方法學」及「宗教學」，皆可為我所運用。既可「立即解經」，又可引導大家學習、自修「如何解經」。

傳統經學是把本經文「逐字、逐詞、逐句」的考證、理解，這

是紮紮實實的基本功。還好從古代莊子、王弼、河上公以來，到現代馮友蘭、蕭公權、王邦雄、陳鼓應、杜保瑞、林安梧、任法融等人，都已經作出部分的成果。我們可以在此基礎，「損有餘・補不足」。

除了這「說文解字」、「以經解經」的途徑外，尚可思考採用傅偉勳的「中國式詮釋學」。他提出「實謂」、「意謂」、「蘊謂」、「必謂」和「當謂」等五個角度，構成新視野，讓我們看《道德經》時，又是另外一個局面。不過，要深入運用這「五謂」，並不容易。

首先，要看研究者是否能夠掌握「五謂」的意涵。其次，將之用在各章經文，逐章翻譯。再者，尋找歷來各位方家對《道德經》的解讀，比較、判斷孰優孰劣？第三，是由我作合理的選擇，選出較佳的註解。最後，再由作者「能近取譬」，提出自己創造性的詮釋。

果能熟悉五謂，應該可以作出不錯的解讀。然而，我以為用此方法解讀時，尚可用韋伯的「時間」、「空間」脈絡，來看《道德經》。換言之，老子生於春秋、戰國之際，將此時代背景，參照、融入《道德經》的經文，或許可以更深入老子的心路歷程，及他的用意。例如他處在「彼此爭戰」的亂世，看破、嘆息生靈塗炭，故主張「去兵」。他對禮法崩解的「封建貴族」體系，並不留戀，進而主張回到結繩記事、小國寡民的遠古時代。他對各國侯王「尚賢」，引用賢才彼此爭鬥不以為然；進而希望回到「絕聖、去奸巧、去賢」的純樸社會。

當時，是「以馬耕種」的農業社會，他主張以馬走糞耕種，而不希望耕馬變成爭戰的「戎馬」。他生活在「銅鐵陶器」、「戶牖」、「轂」、「道徑」的文明，乃用「大器」、「橐籥」，中空的「房室」、「車輪」，或「夷道」，形容「大道」。道除了「道法自然」外，尚

可以「道法人造物」。

　　不僅如此，他拿敬拜的「芻狗」，論「天地不仁」或「統治者不仁」。說道在生成的萬物後，應該任其生長。萬物或尊、或卑，如「芻狗」祭祀物一樣；祭拜時尊敬它，敬拜後即可丟棄它。一如滄浪之水的清或濁，清澈時，濯纓；混濁時，濯足。

　　有時，高達美的「視域融合」（fusion of horizon）也可思考用來解《道德經》。將經文中老子「主觀的成見」與我對過去、當代「主觀的成見」對話。也將經文中老子「客觀的討論、分析」與我對過去、當代「客觀的見解」對話。在此雙重複雜的交叉、互動過程，出現我對《道德經》的新視野、新註解。

　　當然，並非每篇、章都能有此體會。或許「視域融合」的解讀，適合用在《道德經》中的各項主題。此時，可以思考「打散」原有的 81 章、5 千言，重新建構它的「系統」。我們就可用「分類學」，根據各篇章的性質，劃分為「道的本體」、「道與德」、「道的效能」、「道的修煉」、「道的治理」、「道的理想」等主題。

　　此時的《道德經》，又可展現出另外一種「體系」。我們依主題、脈絡講解，不必、也不一定要從第 1 章講到最後 81 章。我們可再用「視域融合」的方法，深入剖析、綜整各主題，或許可以給《道德經》作現代性的新詮釋。

　　由於老子《道德經》是道教最重要的經典之一，媲美於儒教的《論語》、耶教的《聖經》、伊斯蘭教的《古蘭經》、佛教的《心經》、《金剛經》。因此，「宗教比較學」中的「宗教思想」、「宗教觀念」、「宗教主張」、「宗教神話」的比較，此時就派上用場。例如，可以將《道德經》中的「道為萬物之母論」與耶、回、天理

教的「神創論」，或各宗教的「最高神論」，作比較論述。不止於此，每個主題、每個觀念或相關係的觀念，都可作比較經典的討論。論其「異同」，或造成「異同之因」，甚至辯證「異同之效果」。

　　以上幾個方法解《道德經》，僅止於「宗教思想」層次。如果，再把「宗教學」的「宗教神譜」、「宗教經驗」、「宗教儀式」、「宗教組織」、「宗教行動」等概念，拿來與「宗教思想」作「關聯性」的討論，將又開展出《道德經》的社會科學研究視野。

　　衷心期待，能有機會尋找同道、研究生，共同探索此「新領域」，也衷心感謝省道教會的敦促。讓我用宗教學、方法學論證《道德經》，與道友結的道緣。更祈求道祖添加智慧，將來能將心得綜整後出版，與大眾、道友再續學緣。

○ 概念澄清

1. **瞭悟**（verstehen）：研究者在閱讀經典、研究成果、理論或觀察社會集體、個別行為（現象），不只看外表的活動，也要用心智去看透內在的本質、象徵、意涵、脈絡。果仍如此，研究者再也不是只看而未瞭，而是看穿、看透之後的體會，洞悉人類社會現象的真實意涵。

2. **視域融合**（fusion of horizon）：高德美提出詮釋學的路徑為視域融合，可以分為三個層次。首先，在他看來研究者在理解經典、文獻，這些作品隱含強烈的作者「主觀意見」，我們不可能去改變也要加以理解與尊重；第二個層次是指其他學者也會對經典、文獻、理論提出他們的「主觀論述」，研究者也要加以尊重；第三個層次是研究者把原典的主觀意見及其他學者對原典的主觀意見放在地平線上，

讓它們彼此交互比對，此時研究自身也會產生出新的主觀意見。這三個層次構成經典文獻的視域融合詮釋與論述。在我看來，視域融合可以用在原典的文獻理解，也可平行移轉到社會現象、宗教現象的本質性理解。當我們看社會框架下的各種宗教、政治、文化、經濟現象時，隱含其本質及意涵；另外，我們不可忽略成名教授對同質現象的相對主觀解讀。最後，研究者再理解這兩類現象的解讀之後，應該說出自己的見解；就可對社會框架下的各種人類現象作合理的視域融合詮釋。

＊功課

1. 練習用中國式詮釋學來解讀一段或一篇宗教經典？
2. 練習用視域融合的角度來詮釋一段或一篇宗教經典？

4-2 書寫例子

4-2-1《地藏庵 260 週年慶》全記錄

續緣

　　早在 2004 年，筆者邀請中央研究院康豹研究員來校演講「新莊地藏庵文武大眾爺廟神判」，就與該庵神交，結了無形的「學緣」。事隔 13 年，丁酉年（2017）夏天，在好友林庚清總經理牽線、介紹下，為該庵書寫「廟志」，加深、延續了這份「善緣」。

　　半年多來，承蒙並感謝廟內主委林俊德等諸多頭人協助，讓我們的研究團隊順利完成《地藏啟慈念・大眾發善行：新莊地藏庵文武大眾爺廟建庵 260 週年志》的調查及記錄。參與的研究生從中得到學習成長；而我自己也長了知識。

來廟調查、訪問，爬梳該庵資料期間，讓我的學術生涯有了新體驗。參與「官將首喊班與出巡」，觀看「打城」、「招魂超度」、「安龍奠土」等儀式，又開啟了我對華人民間宗教儀式的另一扇窗，也為我的宗教學術再奠一塊礎石。

投入

這段期間，我要感謝研究團隊認真的收集、採訪、繕打、整理資料。讓我能夠心無旁騖，繼書寫《神說了什麼：鸞堂志》、《新修台北保安宮志》、《淡水鎮志》、《台中慈德慈惠堂志》、《兩岸媽祖文化志》及監修《內湖碧山巖志》等「志書」後，用比較「軟調」的手法，再度撰寫一本具「現代性格」的《廟志》。

個人衷心期盼，它能保持傳統廟志忠實、客觀記錄的優點，書寫時融合些現代文化「多圖少文」的元素。讓它能保有志書的特質，也能滿足、符合現代人閱讀的習慣。

本志書計分〈地藏慈念 · 大眾善行〉、〈慈善組織 · 造福鄉梓〉、〈大眾文化 · 普天同慶〉、〈地藏法會 · 祈福超薦〉及〈迎週年慶 · 大願傳承〉等五個篇章。編輯團隊以「圖隨文走」、「圖文並茂」的方式，將 7 萬字及 400 餘張照片融入文章。我以說故事的方式，娓娓道來該庵這十年來的作為，及 260 週年的三項神聖儀式及世俗歡樂活動。

合作

事實上，要催生本廟志，並不容易。它須要廟方、學術界、文化界三者的跨界分工、合作，才能底定。其中，廟方扮演起動，學界作研究、書寫，文化界從事企劃、包裝、行銷的角色。

　　首先，如果沒有該庵領導團隊的遠見，就不會有保存宗教、文化的視野，為該庵建廟 260 週年慶留下記錄。大可只辦廟會、慶典、法會、繞境等活動，毋須花費人力、物力資源，決定、配合作「志書」的記錄。

　　其次，沒有委託學術界投入該庵「文武大眾爺文化祭及繞境」、「地藏王冥陽兩利法會」及「安龍奠土祈福法會」的調查，對本庵領袖、法師、執事 10 幾場的深度訪問及書寫，本「志書」也不可能「成書」。

　　最後，尚得借重厸藝印刷藝術國際公司編輯團隊，為本「志書」穿上新衣。用現代性的「簡約風」，作令人賞心悅目的編排，提升本志書的品質。異於傳統志書「重書寫文字、輕編輯圖像」的作為，讓本志書脫穎而出，成為具現代風格的精美「廟志」。

呈現

　　客觀而言，刊行一本質精貌美的「本庵 260 週年慶全記錄」給社會大眾，完全吻合筆者長年推廣「精緻化宗教」及「宗教知識常識化」兩項宗旨。而這也是後學忝任台北市府宗教顧問，成立台灣宗教與社會協會公益組織，為提升本國民眾宗教、文化品味的終身志業。

　　今天，蒙地藏王菩薩、文武大眾爺及眾神賜福、庇護、牽引及添智慧，讓我的學術行囊滿載而歸。不僅如此，本廟志得以在短短 2 個月內完稿；絕非個人能耐，而是眾志成城。

　　因此，我要把它獻給一路走來協助研究團隊採訪，被成員叨擾的本庵諸位賢達、法師、道長、信徒、志工。當然，如果本志書有「丁

點兒」貢獻，我更願意把此榮耀呈獻給本庵及眾神。

4-2-2 變化萬千：從《列聖寶經》看呂祖的神格

呂洞賓（796 - ？）駕鶴歸仙成呂祖後約三百年，宋朝徽宗皇帝於西元 1119 年封祂為「妙道真君」。從文字上來看，祂是歷代道教諸多修道成仙的一位「真君」。

在「黃粱夢覺」的神話，它道盡人間繁華富貴終是一場空，也是華人社會膾炙人口，家喻戶曉的傳奇。而此故事另一主角，是點醒他的老師鍾離權，兩人並列八仙之二，更與劉海蟾、王重陽、丘處機同被元朝皇帝封為全真五祖。

此時，呂仙祖已為道教神仙，也是後代修道者的典範。祂英俊的臉龐，瀟灑身著一襲道衣，頭載「純陽冠」，肩佩寶劍，手拈鬍鬚。帥氣的仙風道骨，玉樹臨風挺立的英姿，引領眾仙之風騷。

然而，隨著扶鸞造經，祂的神格、功能丕變。祂再也不是單純的修道之神，經典轉化祂成為多功能神。而這神格的轉化，又與清朝康熙年間創立的《醒心真經》及咸豐朝後才出現的《大洞真經》有密切關連。

儘管這倆本收錄在《列聖寶經合冊》中，隨著本地五恩主或三恩主公信仰而流傳。但是，過去卻少有系統性的一窺呂祖神格轉化。此次，筆者應指南宮及蔡秋棠會長之邀，有機會重新細讀此經，再度嘗試從經文的背景、文義，探索、揭開祂的神秘面紗。

在《醒心真經》中，呂祖循〈太上感應篇〉中，「禍福無門，唯人自召」的脈絡。鼓勵信徒多種善，將得福；避免，多種惡，將惹禍。而且，冥冥之中，天曹會懲惡揚善。此時，呂祖扮演雲遊四

海，監察人世間誰作惡、誰為善的神仙；彷彿是一位代天巡狩的「無上仙師」。

而在《大洞真經》中，再次強化祂的陰騭神格。但是，祂不再自己親身降臨凡間，而是於白天派五雷將，在晚上遣柳天君監察萬民。甚至，祂可催請地府、城隍、土地等神明，四處協助、稽查百姓的功過。

從此，呂祖不再是獨行的神仙。而可號令諸多神靈，為祂的陰騭分身。其中，五雷將及柳天君更成為祂的左、右護法神。祂與關聖、媽祖、佛祖一樣，神殿中，也開始有了這兩尊陪祀於側，孚佑「帝君」也終成為名符其實的偉大神明。

除了陰騭神格外，祂尚且成為人的道德導師。《醒心真經》整本經文，用呂祖之口闡述儒教教育子民諸多道德律。包括在人在世間「自省」、「自處」、「居家」、「出社會」等四種類型，約180項條目。

在《大洞真經》，祂飛鸞闡述，開壇降筆・濟世，指稱山東夫子孔聖，山西夫子關聖，兩者並列為聖的道理。主要原因在於前者造「春秋」，明人倫；後者履「春秋」，亮人倫。祂循循善誘、苦口婆心，像是代表孔、關兩聖，春風化雨群黎，用36種善心，治36種惡念。

這是過去儒者是以「神道設教」之方，在兩本鸞經中假呂祖之口吻，教化子民。不只如此，祂除了教誨子民修行儒教的「修身道德觀」、道教的「黃粱夢覺觀」外，也傳達佛教的「看空觀」，鼎力成為三教的導師。

佛教《金剛經》曾揭櫫對人生體會：「**如夢幻泡影，如露亦如**

電」的偈語。在《大洞真經》中，換種口吻再次展現。它說：「世道茫茫走西東，多少田園也是空。尋得名利珍珍寶，付與兒孫一場空。一旦咽喉呼吸斷，了了然然總是空。兒孫滿堂怎得見，黃泉路上不相逢。」

此時的呂祖宛如佛陀，轉換成為指導人修佛的導師。祂教誨人，唯有看破一切，看空「諸行無常、諸法無我、涅槃為樂」的「三法印」者，方能成佛。

最後，呂祖還是個「斬妖除魔」之神，足以媲美玄天上帝、三界伏魔大帝及鍾馗等道教斬鬼三真君。在《大洞真經》首度指稱，祂是「伏魔聖帝」，奉玉帝之命下凡驅除瘟疫。祂的寶劍出鞘，葫蘆發火，將可辟邪滅怪，掃蕩魑魅魍魎等諸鬼魁。

綜觀呂祖神格，修道本來是祂成仙的「原型」，而這兩本經擴張祂為「監察」、「修儒道德」、「修佛入空」及「斬妖除魔」等多種神格。呂祖變化多端的功能，應該屬「變型」的神格。

至於，呂祖比較著名的《太乙金華宗旨》經典，又隱含那些神格？非常值得後續為文討論。其中，「經典擴張神格」這命題，我以為呂祖絕非僅有的個案。因為，在漢人造經的悠久傳統，應該尚有其他諸多神明、經典，符合此命題，而能夠成一個類型加以分析。

而這些問題，非三言兩語足以道盡；我們只能下回尋找合適的機會再論、再解迷了！

4-2-3 再次肯定達摩祖師的貢獻

明道兄人生 60 歲至今，幾乎每年都有作品，真令人刮目相看。2017 年仲秋，他又有新作品，真是可喜可賀！

2016 年他以《六祖壇經今譯》問世，2017 年再接再厲，將《達摩祖師論集今譯》付梓。以在家修佛來看，明道兄的著作成就，著實令人讚嘆！他像王雲五、六祖慧能，自己學習而能旁徵博引，瞭悟禪、佛的箇中滋味。

再就修佛的實踐層次來看，他對禪的喜好不僅止於體會，而且，貴在自己身體力行。他不像部分的修行者，重經義、沉迷在佛典中，而無法自拔。

他既體悟佛典，又能自處、居家、立世時踐行佛法。以取之社會，用於社會的心情，回饋台灣社會、嘉義義竹故鄉，是個不求名的「大檀越」，可以名為「真菩薩」。

他的總結意見及體會，應如其書扉頁所說：修佛者應該了悟「**直指人心，見性成佛，性即是心，心即是佛，佛即是道，道即是禪。**」

而這句話也道盡達摩祖師（382-535）的「大乘入道四行觀」、「血脈論」、「悟性論」、「破相論」、「最上乘論」等篇章的本質及核心價值。

從全球佛教發展史來觀察達摩祖師，其地位及影響力不容小覷。祂在魏晉南北朝東來傳禪、傳佛，咸認祂是開創中土大乘佛教「禪宗」一代祖師。而祂的弟子人才輩出，才能使禪宗、淨土宗並列為佛教最盛行的「禪・淨」二門。

達摩祖師終身奉獻於中土傳禪，注入中國佛教新元素，也開展漢人修佛、禪定的「新路徑」。禪宗發展至今，以它之名而開山的中台山、法鼓山，早已成為台灣的名門大派，甚至影響大陸、全球佛教。

如果沒有當年達摩祖師的東渡傳禪（470-478）及歷代禪宗祖

師爺傳承弘法，不會有今日台灣、全球諸多的禪宗道場。而能夠支撐禪宗教派落地生根、開枝散葉，除了釋迦牟尼佛傳授給摩訶迦葉的「拈花微笑」心法，動禪、靜坐的禪定功夫外；尚且不可忽略本師佛的經典及這本「達摩祖師論集」！

它言簡意賅，再經明道居士的直觀、理解，深入淺出、娓娓道來祖師爺對禪的論述，令人激賞。

當我們已經熟悉達摩祖師諸多神蹟，如神奇般的「一葦渡江」、獨自在河南嵩山面壁9年苦修及留給少林寺諸多武術寶典時，不妨再靜下心來體會達摩祖師當年傳禪、論禪的主張。

現今世界是個喧囂的年代，每天吵雜的電視聲，偶然出現的示威抗議喇叭聲、人聲，比賽的加油聲，經常聲聲侵入耳裏，不得安寧。

然而，如果您專注閱讀該書，對外在世界聽而未聞。那麼，恭喜您！您已經進到達摩祖師禪定的世界！也再度恭賀明道兄禪定譯著本書！

4-2-4 山門：切割神聖與世俗兩境

每到聖山祖廟或規模大一點的宮廟，就可遠遠望見「山門」聳立在神殿前。這是華人文化圈獨特的建築文化，最古可追溯到周朝，祖先稱它為「衡門」。它尚可稱為「牌樓」、「牌坊」；到孔廟，則有「欞星門」專屬的稱呼；到日本東京「靖國神社」或各地的「神廟」，則叫它為「鳥居」。名稱雖異，功能大多相似。

在華夏文化中的儒、佛、道三教及民間宗教，中土部分的伊斯蘭教；或受唐文化影響的日本神道教、國族宗教；其所屬的寺廟建

築物的外緣，皆用它切開世俗、神聖兩個世界。門外為販夫走卒的喧囂情境，門內為諸神、聖、仙、佛居住的寧靜殿堂。

　　台灣地區國家級的圓山忠烈祠、台北中正紀念堂（廟）等神殿，及著名的民間佛教艋舺龍山寺，儒宗神教的獅頭山勸化堂及日月潭文武廟，或是民間信仰的大甲鎮瀾宮、新港奉天宮、西港慶安宮、北港武德宮等；在大陸主要聖山祖廟，如湄州媽祖廟，茅山、崆峒山的道教神殿，甘肅平涼涇川的西王母廟，甚至於北京牛街清真寺、伊寧清真大寺等；皆建宏偉、漂亮的「漢式山門」，藉此襯托神殿，及殿內的神明、開國英雄、烈士的偉大。

　　類似山門的建築物，有時會設在城市中的街道或寺廟的內埕。此時，大多會稱為「牌坊」，具有裝飾或表彰、紀念的用途，異於山門。

　　從唐、宋代以後至清代為止，為了表彰婦女的守寡女德，及為人子女盡孝的行為，皇帝在其住家前的街道立貞潔或孝子牌坊，用來樹立典範，移風化俗。

　　中國大陸歷經新文化運動及文化大革命，這些封建社會的道德象徵，被大肆破壞。而在近年來，重新提倡中華文化，牌坊也被逐漸恢復，以潮州市「牌坊一條街」最著名。它過去曾有91座牌坊，中共建政後，逐一拆除。而在2004年後，城市領導為凸顯本地古文化的特色，依據舊照片，重建其中的狀元、烈士、貞女、官員牌坊22座，藉以行銷潮州、帶動觀光。

　　由於台灣沒有這兩次宗教、文化浩劫，旅人只要稍微留意，就可以在台北新公園、北投、關渡，台中大甲，台南府城，金門老街等街頭，見到這些牌坊。

　　另外，1895年之後日本殖民統治台灣，為了同化台胞，曾推動皇民化政策，大興神社、壓制華人民間宗教與信仰。要求台人在日本重要節日，集體赴神社，穿越「鳥居」，到神殿敬拜天皇及東照大帝。

　　二次戰後，蔣介石為了去除日本文化，恢復國家民族宗教，將全省各地的神社改建為忠烈祠，也改日式「鳥居」為漢式「牌樓」。全台只有苗栗通霄、嘉義朴子神社等少數地方，倖存漏網之「鳥居」。

　　此外，牌樓絕少置於大廟的內埕。2017年春天，在大陸山西運城關聖帝君祖廟參訪，除了見到雄偉的山門外，也在門外及廟內埕，皆可見精緻的石製、木製牌樓。後者，是用來表彰關聖的「義結金蘭」、「氣蕭千秋」的氣節。它既有裝飾之用，也有紀念、彰顯關聖氣貫日月、道貫古今的用意。

　　最近，欣逢中華民國生日。在台北總統府前，凱達格蘭大道上，常見具「雙十標誌」的臨時性牌樓。用此來紀念1911年10月10日武昌起義成功，慶祝中華民國的誕生。此時，牌樓兼具裝飾與紀念兩功能！

4-2-5 眞人所居：解讀大道公的神殿

　　同安祖先並非帶媽祖，而是帶吳真人渡海來台。祂是九閩住民的守護神，也是台灣、東南亞僑民心目中的藥神。

　　應台北北薪扶輪社好友的邀請，到台北大隴峒保安宮講解保生大帝。定要澄清一般人的誤解，說它是「道教」的宮廟。

　　光是看三川殿前，置放的天公爐及凌霄寶殿內的「玉皇大天

尊」神主牌，這兩樣都是儒教的神及神聖物。就很難說它是純粹的「道廟」！

此外，再以皇帝用儒教功國偉人的封神原則，加、累封正殿的主祀吳本及後殿的配祀神，更可見到儒教神明的風範。

吳本（979-1036）在 58 歲成神，50 年後，鄉民於青礁立廟祭拜祂。130 年後，宋孝宗於 1166 年賜廟號為「某佛教團體」。根據漳、泉府誌，明成祖則封祂為「保生大帝」，具有神明中少見的「大帝」，此為至高的神格。

後殿配祀「山東夫子」孔子及「山西夫子」關聖，這兩夫子也都分別在唐玄宗、肅宗之後，被封為文宣王的主祀，武成王的配祀。再經由歷朝歷代皇帝不斷加封、累封，而成萬世師表至聖先師及關聖帝君。

再看凌霄寶殿下層的大雄寶殿，供奉三寶佛，配祀伽藍、韋陀兩尊者，護衛神殿。在每年重要的佛教法會，都在此辦理。因此可知，本宮包容了儒、釋兩教。

而它的內埕及後埕兩側，各置兩個敬字亭，此為過去讀書人焚燒「字紙」的爐，象徵對知識的尊敬，展現濃厚的儒教色彩。而且，這也是其他寺廟少見的「字紙爐」。

儘管廟的後殿有駐廟道長為信徒作祭解科儀，或是幾次「醮」儀，皆由道長操刀。但是，其他諸多科儀卻由儒、佛、釋教的神職人員主導。

如每年保生大帝、神農大帝的聖誕，皆採儒教的三獻禮。尤其，前者尚搭配雅樂、佾舞，用祭孔高規格的「釋奠禮」，慶祝大道公聖誕。這是在日據時代，祭孔在此舉行，禮生代代相傳的遺脈。

再如每年的禮斗法會、中元節的盂蘭盆會、梁皇法會，皆聘請佛教的法師主法。其中，禮斗法會、中元節兩年例，本屬道教科儀，現已走味為佛教法事。連禮斗時的拜天公，都由佛教法師處理。從這裡來看，本宮主事者對佛教的青睞，與民間宗教對佛教的包容、融合。

又如，中元節前夕的「牽狀」法會，過去由道教道長主法，現在已改請釋教的「香花和尚團」主持。他們圍繞行三界公桌「跑赦馬」，毫不遜色於道長。

如果初一、十五來廟或逢年過節、神明聖誕，穿著黑色「海青」的誦經團，用佛教「龍華派」的唱腔，為參與祭星及點燈的信徒吟唱梵唄求佛、禮神，皆脫離不了佛教的影子。

由保安宮內神殿、神明的配置，建築硬體與儀式軟體，早已經超越道教。更不用再論，此廟過去是由同安的鄉紳、街紳立廟管理，現在管理階層也非道長主導。

因此，當我們登堂入室看此宮林林總總的現象時，再也不宜說它是「道廟」了，應該說它是標準融合儒、釋、道三教的「民間宗教」廟宇！

4-2-6 電線桿與火柴棒：教師節的聯想

欣逢教師節，讓我想到兩位師父，一為已經 2568 歲的孔子，一為年屆花甲的妙禪。

兩人皆有師父的魅力，後面都跟隨一卡車的徒弟。孔子弟子 3 千，成賢者 72。妙禪也有數千信徒，就屬向他跪拜、抖動的藝人江淑娜最有名。

兩人都有組織力，孔聖開啟民間私人學院先河，當院長、收學生，成為儒教教主。妙禪則脫離妙天，自立門戶，開創紫衣教，宛如新宗教領袖。

而在聚財能力，孔子明顯比不上妙禪。他周遊列國時，尚且曾困在陳、宋；如果沒有子貢金錢奧援，可能客死他鄉。妙禪則富可敵國，不僅徒弟供養名車代步，傳說已募得資金數億。

在入教規矩上，孔子則比妙禪親民，且富理想性格。

孔子收弟子，不論其出身貴賤，只要奉上束脩之禮，皆可為徒。他用「有教無類」、「因材施教」、「循循善誘」、「誨人不倦」教學，而被康熙皇帝譽為「萬世師表」。

妙禪則以「活佛之姿」，向下跪頂禮的信徒貫頂，信徒以大聲齊唱讚美詩歌回報，齊說「感謝 sea food、讚嘆 sea food」！

兩位師父相較之下，孔子有深邃思想及教育理想；反對「超能力」。妙禪有的是「愚夫、愚婦」供養的大錢，展現「靈力」？

在我心中的那把尺，孔子像高壓「電線桿」，永遠聳立，似山高水長。而妙禪則像「火柴棒」，像新宗教出現與泡沫化般，點燃後隨時可能幻滅！

如果是您，選擇當孔子，還是作妙禪？亦或是當他們倆個，任何一個的學生？

4-2-7 官民之別：兩岸慶祝西王母聖誕

2016 年農曆 7/18，我從台到隴，飛越千里到平涼涇川王母故里，祝賀瑤池金母聖誕。

此典禮，兩岸頗不相同。大陸創新，以歌舞、獻花、鞠躬、瞻

仰為主軸。台灣傳統，常用超度、焚香敬拜、禮斗法會等呈現。兩岸官、民祝賀方式，各有發展及堅持，而這也是華夏文化中有容乃大的特色。

大陸台辦為了促進交流，攏絡台灣廟、黨、學、社各界，以高規格禮接待，安排至廟埕前方位置觀禮。地方政府則動員大陸各級官員及在地百姓、各行各業代表，站立於後。

用「簡化兼具隆重」改良版的「三獻禮」祝壽。它僅由上疏文、獻舞及獻花構成，長約 1 小時。其餘的迎神、焚香、獻燭、獻茗、獻爵、獻饌、獻圭、獻帛則皆省略。

比較特別的是，由無神論的共產黨政府主導的祭典，竟然同意當地的最高長官誦讀疏文，祝賀王母生日快樂。這項保存古風的作為，已經實質打破共黨黨員不准信仰的禁忌。

之後，再由可看性十足，具專業水準的蘭州舞蹈團，在內埕載歌載舞。他（她）們雜揉現代舞蹈及古典的飛天舞樂，用優雅、陽剛的舞技，企圖呈現中國天、地、人三才傳統，用之來娛悅王母，卻也吸引媒體及群眾、信徒的眼光。

最後，大陸官員擔任「獻花」主祭。之後，台灣各界領袖、代表輪流上台獻祭。至此，王母已經串聯兩岸子民的宗教情感。獻花結束，所有主祭、陪祭、信徒魚貫入大殿，用鮮花頂禮王母，完全割捨傳統的焚香祭拜禮。

至於台灣的母娘聖誕，是信徒、宮廟執事自發性的祭拜，與官方無關。他們與七月普度結合，用祂「至陰」的神格，辦超度法會，藉此拔度鬼魂、亡靈。另外，部分廟宇辦理禮斗法會為母娘祝壽，也請王母臨壇為信徒的本命元辰加持，為其增壽。

這兩項作為，緊密貼近庶民敬鬼、求壽的需求，頗具實用性格。既滿足普羅大眾的信仰心靈，也帶給宮廟聲望及豐沛的香油錢。

兩岸信徒、宮廟執事祝賀西王母聖誕心情相似、而各有擅場。如果深入其信仰本質，大陸在官方支持下，辦理高規格且隆重的慶典；為兩岸官民友誼關係，增加一條交流的渠道。

反觀台灣的西王母聖誕，則較有「市民社會」自發性的性格。它完全沒有任何官方的奧援，只有在宮廟執事引領信徒下，表現出較高程度的虔誠祭拜，也融入百姓的生活中。至於三獻儀典，似乎從未出現在本地的母娘宮廟堂中。

4-2-8「重修淡水助順將軍廟」碑記

淡水老街助順將軍廟，又稱「黃府將軍廟」，原名「淡水晉德宮」。與艋舺晉德宮同樣，是台灣少數供奉明朝殉國儒將黃道周（1585-1646）的功國偉人廟宇。

於清季，由福建泉州移民建廟，庇佑淡水街民，常為挑運工的休息場所。從殿內「海崖澤被」匾額，落款光緒癸巳年冬（1893）估計，立廟已超過 126 年。前後經歷三次修護，首度，於民國 50 年由老街耆老黃氏召集翻修。再來，由前長庚里長張忠義於民國 70 年，召集里民整修，且於 72 年登記合法。2017 年，再由當任爐主張嘉霖道長，號召本地街紳、信眾三度修復。

助順將軍的根源有幾個說法，最早是明朝末年抗清的黃氏三兄弟。乩童曾降乩，指稱黃府三將軍是黃孝、黃忠、黃義，惜史料闕如。因此，信眾、執事選擇相信祂是南明抗清大儒黃道周。

祂生前，曾組 3 千民兵對抗降清的明朝將軍洪承疇率領的數萬

精兵。力戰不敵、被捕後拒降，乃於南京從容就義。死前留下：「蹈
仁不死，履險若夷；有隕自天，捨命不渝。」的絕筆。明隆武帝賜
謚「忠烈」；清乾隆皇推崇祂為完人，頒贈「忠端」。台北孔廟則
視祂為先儒，陪祀於東廡，永享官方香火。

民國 70 ～ 103 年間，祂在本地享有民間俎豆。乃是由前長庚
里長張忠義召集里內 13 個鄰、百餘住戶輪祀。以 2 鄰為一單位，
鳩資收丁口錢，並執筊選拔爐主、頭家，共同承擔將軍聖誕祭典。
每單位隔 6 年輪流一次，以豬公「饋食之禮」、壽龜、演戲，在農
曆 10 月 3 日慶祝將軍聖壽。之後，取改採自由樂捐，並將聖誕改
為 10 月 6 日。

而在每年農曆 5 月 5 ～ 6 日清水祖師爺的暗訪、繞境，淡水年
例慶典，由管理人召集，組陣頭參加驅邪、巡安。

4-2-9 龍的傳人：龍圖騰及龍子

龍是漢人的聖獸，在寺廟中，它可以為裝飾物，也可當神明膜
拜。傳說中，它好色，與不同動物交配，而生九子，其中幾個龍子，
被用於寺廟中的器物、裝飾品。

在漢人閩式宮廟中，最常見的裝飾物，應該屬龍圖騰。從屋頂
到柱子、牆壁，從神龕到寺廟外的「山龍」，裏裏外外，隨處顯現。
說牠（祂）是漢人最喜歡的聖獸，一點也不為過。華人尚且以「龍」
為吉祥物，又以「龍的傳人」自居。

往寺廟的山川殿、正殿或後殿的西施脊遠眺，常見剪粘製造成
「雙龍搶（護）珠」，當作廟宇與天際線對比、連接，創造出華麗
的視覺感受。而進入各個神殿，又常見雕工精美的龍柱。歷史久遠

超過 200 年者，以質樸的單龍居多，龍身從上而下，龍首在下方而朝上，雙柱對稱。歷史較短約百年者，大多以雙龍雕在一根石柱，上面穿插神話中的人物及雲海。

「左青龍，右白虎」，原本是指天空 28 星宿中東方 7 顆星，形狀像龍，西方 7 顆星，形狀像虎。化身在寺廟，以神殿的座向，左邊開的門，稱為龍門，其旁的牆堵，又稱「龍堵」。右邊開的門，就為虎門，其旁的牆，又稱「虎堵」。進出宮廟，常有龍進虎出之俗。

進入山川殿的正門，或是來到內埕的正殿前，常見「御路」，又稱「斜魁」。它以斜坡的樣式，上面雕塑立體雲龍造型，代表是進入天界的天梯。只供觀賞，不容踩踏。台北中正紀念堂有長約 30 米、全球最長的斜魁，兩側階梯 89 級，代表蔣介石的壽辰。

走入正殿，仔細端看主神的神龕，神像背後的牆壁，常繪龍的圖像，或以立體龍像裝飾，象徵主神的崇高地位。如果寺廟位於山上，背山望向平原、湖潭、河川、海洋的寺廟。走出其後殿屋外，又常見擺設「龍神」圖像及香案，供信徒膜拜。此時，祂已由裝飾物變成神。一般言，祂是土地龍神的演化。

華人從商朝以來，而有天神日、月、星，地祇河、海、岱等六種崇拜。其中，岱為大山，即土地根源的崇拜。土地的稱號相當多元，在平原上的土地，稱社褙神、土地公、地母；山上的土地，常稱后土元君、土地龍神。

由於土地的盡頭常為山脈，而遠眺山脈在雲霧中像是飛龍，乃又有山龍之說。堪輿師看風水，就是在尋找合適的龍穴、龍脈，道長為寺廟落成作「安龍奠土」儀式，以白米在廟中大殿地上裝飾成龍圖案，尚且須到附近的山脈引龍神到米龍中，並用疏文對土地龍

神表達感恩、懺悔之意。至於，寺廟殿外的土地龍神，也是從山龍的概念而來。因此，祂具有土地神、山神兩種神格。

除了龍神外，宮廟內、外也常見龍生九個兒子中部分的龍子。牠們各有不同的龍頭獸身、性格、造型，肩負不同的責任。

龍之長子「贔屭」，又稱霸下，形似龍頭龜身，性好負重，常見牠背負石碑，立於廟前；在台南赤崁樓前一行列的贔屭扛著碑刻，相當壯觀。龍的第3子「蒲牢」，彎曲的龍身，性好吼，被置放於銅鐘上當銅紐，據說它可增強鐘聲。在台北孔廟的銅鐘，即可見到彎曲身體的蒲牢。

龍的第五子「狻猊」，形如獅，性好靜且好煙，被置放於大型天公爐、主神爐、配陪祀神爐，或神桌上的小爐兩側。龍第九子「螭吻」，又稱鰲魚，龍頭魚身，性好水，被置放於樑柱交錯的角落，藉以防火。新港奉天宮的螭吻，栩栩如生的高掛在三川殿及正殿上。

從宮廟中，見到龍及龍子，得以理解漢人對龍圖騰的尊敬、想像及神話，是為全球各民族、宗教、文化少見的異例。而且，在漢人的信仰想像中，天上的青龍，可搖身一變成為山巔、平地、廟堂的土地龍神。它又可與龍子一樣，轉化為廟堂各種飾物，既使神殿美化，又使漢人的宗教建築添加藝術氣氛！

Chapter5　方法學家的啓發

5-1 詮釋主義

5-1-1 孔子：重「提問」、「因果律」的至聖先師

　　孔子（前 551- 前 479）是偉大的教育家、人文學家及哲學家。他在方法論的主張，鮮少被提及；事實上，他憑直覺式的「問學」方法，頗吻合社會科學的研究法。

　　在研究立場上，他年紀輕輕 15 歲時立志向學；壯年時，又說假我數年，五十以學《易》。這種終身學習的態度，是人文、社會科學研究者的的典範。主要原因無他，「生有涯，而學無涯」，不但有讀不完的書，也有作不完的研究主題。

　　在研究方法的資料搜集上，他主張「入太廟，每事問」；非常接近社會科學研究方法論中，直覺式的「深度訪談法」。他這種方法，吻合透過訪問合適的關鍵人物，才能得到合理的答案（資料），回應自己提出的問題及假設。

　　他說「禮失求諸野」。此「禮」，可以當作研究主題來看；「求諸野」，則可當作研究場域來解讀。所有人文、社會科學的主題，在文獻中找不到合理的答案，不妨回到「田野」、「社會」、「考古」的場所中探索。

　　孔子尚是一位博學多聞，隨時進修、鑽研的學者。他說：「知之為知之，不知為不知，是知也。」尤其是自己不知的事，需要「敏而好學，不恥下問」。而作學問，需要「聯想力」，舉一反三是基本條件。

　　他的人文論述，常具「因果關係」的「法則」；這些法則，是社會科學家研究華人社會的「理論假設」。

　　例如《禮記・祭法》提及：「夫聖王之制祭祀也：法施於民則祀之，以死勤事則祀之，以勞定國則祀之，能御大菑則祀之，能捍大患則祀之。」頗適合用來觀察、解讀台灣地區的「封神論」，也可用來檢視此原則之外的個案。

　　再者，他說：「學而不思則罔，思而不學則殆」；再說：「小不忍，則亂大謀」；三說：「人而無信，不知其可也」；四說：「知者不惑，仁者不憂，勇者不懼」；五說：「道之以德，齊之以禮，有恥且格」。皆有科學理論中的「因果律」，不妨當作當代或未來社會科學、宗教學研究華人社會或宗教主題的「假設」。

　　最後，他主張人文學的目的，在於士子需要「志於道，據於德，依於仁，游於藝……行有餘力，則以學文。」君子須身體力行仁義道德，再言讀書。而為學的目的，是在貫徹其「道」。

　　總之，從方法論看孔子，他雖非「社會科學家」，但其一生問學、思考，融會貫通自己的學問，成一家之言。在其留下「資料收集法」、「因果律」、「知識目的論」的記錄，也給後生晚輩作研究時，諸多的啟發及研究想像。

5-1-2 韋伯：「唯心主義・詮釋・理型」的創造者

　　韋伯（Maximilianarl Karl Emil Weber, 1864-1920）是社會學家、宗教社會學家及科學哲學家，屬於開創型、跨領域的思想家。從廣義的方法論來看，他的唯心主義、詮釋與理型，對研究產生重大影響。

　　首先，比較其「唯心主義」與馬克思的「唯物主義」，兩者皆屬「鉅視研究」，都在探索社會變遷的內在動力。只不過，韋伯在

《新教倫理與資本主義精神》一書，主張以人類的宗教「觀念」、「想法」、「價值觀」，解釋社會變遷；而馬克思在《資本論》，主張具生產力的「物質」，才是社會變遷的主要動力。

韋伯著重人類的「精神面」，馬克思著重人類的「物質面」的變因，各自發展自己的理論。他倆獨領風騷，各得到諸多跟隨者。而各自形成「韋伯主義」或「新韋伯主義」，或是「馬克思主義」或「新馬克思主義」。

次就詮釋來說，兩位皆用歷史資料，屬於歷史社會學派。韋伯常以跨越時間、空間的比較視野，尋找同類型的資料，將它們作因果關連的「詮釋」。馬克思也是用歷史的角度，搜尋跨越時間、空間的資料；在化約同類型的資料後，將它們作因果關連的「辯證」解釋。

就資料論證的角度來看，韋伯開創「社會學的詮釋學派」，馬克思則是「辯證學派」的祖師爺之一，與孔德的「實證學派」鼎足而立，形成古典社會學重要的三個學派。

其中，韋伯的「詮釋論」又獨樹一格。他常把人類的社會、宗教現象，置放在「時間」、「空間」兩個概念的脈絡（context）。企圖從中作深刻的瞭悟後，再作合理的解讀。

這種重視「時間」、「空間」的脈絡下的現象解讀，見到其他方法論者所未見，既是「韋伯主義」的特色；也令他在諸多「詮釋論者」脫穎而出；豐富了方法論的內涵。

最後，論韋伯的理型（ideal type）。他在類型學的理解，與其他理論家不同。他的理型分類法，又打開方法論的另一扇窗。所謂的理型，是指從現實世界中，抽離出理想的狀態「建構概念」。依

此理型建立指標，再用它來衡量真實世界的種種現象，觀察真實世界與理型的差距。

　　理型提出後，對社會科學的類型學產生重大衝擊。社會科學家常先對自己的研究主題，建構理想類型。例如：建立理想的國家、政黨、領袖、幸福度、智力、情緒、官僚體系、自由人權、教學等理型概念，再用它衡量真實狀態。

　　綜觀韋伯在社會學、宗教社會學、科學哲學等三個領域，各有其方法論的主張，且具開創性的視野。或許我們可以將他化約為「唯心主義」、「詮釋學」及「理型」三個重要的概念，作為借鏡。

5-1-3 傅偉勳：「創造的詮釋學」

　　傅偉勳（Charles Wei-Hsun Fu, 1933-1996），是臺灣的哲人，致力於推動生死學教育，對學界影響甚鉅，被譽為「臺灣生死學之父」。在方法論的貢獻，以「創造的詮釋學」及「科際整合」兩個概念傳世。

　　其中，他把「創造的詮釋學」分為，「實謂」層次：原思想家實際上說了什麼？「意謂」層次：原思想家想要表達什麼？「蘊謂」層次：原思想家可能要說什麼？「當謂」層次：原思想家應當說出什麼？「必謂」或「創謂」層次：原思想家現在必須說出什麼？或創造的詮釋學者現在必須踐行什麼。

　　這5個概念有兩個意義，其一是層次關係：先從理解的文本「字句」的實（謂）際意思出發；再到文本創作者，對文本「字句」的「內在」意思；第三層是文本「字句」的「引伸」意思；第四層是文本「字句」的「合理判定」意思；再進入到第五層，是指文本「字句」在「思

想史脈絡」的「當然、創造」意思。

在這些層次中，一層比一層深奧；研究員須逐一探索理解，才能深入箇中涵義。當然，也可以在細膩理解後，研究者可以作綜合性的理解，再作出合理的判斷，提出創造性的解讀。

其二是以文本詮釋為主軸：他最早用它來詮釋佛教的典籍。之後，認為可以當作為「普遍性」的詮釋方法論，可以擴大詮釋至「宗教」、「哲學」、「文學」、「藝術」及「人文學科」的各類型原典；及其相關的著作。

至此，確定了他的「詮釋學」理論廣泛應用；足以和西方各個理論家的詮釋學中，文本詮釋相提並論。

當然，我們也可把它與胡塞爾的「物自身」與高達美的「視域融合」作對比。後者強調「文本原始意義」、「他人詮釋文本意義」，而在兩者交叉比對理解之後，作者再提升「自己視域融合」觀點，作綜整式的新詮釋。此論述，頗接近傅的「必謂」或「創謂」層次。

只是傅強調的重點是，作者需要綜觀文本概念在思想史「縱軸式」的意義；而高達美強調的重點是，作者需要綜觀不同文本、原典的概念，在比較視野下「橫軸式」的異同。

我們也知道他的詮釋學，以「文本」為對象；完全異於韋伯、沃克的詮釋學，以「社會現象」為對象。因此，研究者在引用不同理論家的詮釋學時，需要特別注意，尋找與自己主題合適的詮釋學方法。當詮釋文本，不妨用傅偉勳、高達美的詮釋法；當詮釋社會現象，則宜用韋伯或沃克的詮釋視野。

另外，傅意識到《生死學》研究，須以「科際整合」的思維。他在《死亡的尊嚴與生命的尊嚴—從臨終精神醫學到現代生死學》

一書,「必須朝向辯證開放的科際整合理論」。

他覺得「從科際整合的宏觀角度,把死亡學聯貫到精神醫學、精神治療、哲學、宗教學乃至一般科學(如心理學與文化人類學),以便提示死亡學研究的現代意義。」

換言之,在他心目中的「科際整合」,不只是學科「概念」、「理論」、「方法」的借用;而是以「多元學科」、跨學科的視野,來了解《生死學》的議題,才足以掌握「生」與「死」的學問。

這種學科整合與學科分殊,是知識論的兩個面向。前者著重綜整式、歸納式的現象理解;後者著重分析式、演譯式的現象解讀。傅又走回知識分科前的老路;用綜合性的學科知識,來看人類複雜的生死現象。

事實上,不僅《生死學》如此;《宗教學》、《宗教社會學》、《宗教心理學》、《宗教人類學》亦復如是。以政治研究為主軸的《政治學》、《政治心理學》、《政治社會學》、《政治經濟學》也有回復傳統多元學科合併的情形。

不過,這種跨學科領域,並非適合一般初學研究者採用。只有作精進研究時,挑選合適的大型研究主題,才適合引「科際整合」、「多元學科」的方法,為我所用。

5-2 辯證主義

5-2-1 老子:「相對與相融」二元辯證的思想家

老子為李聃,被張道陵奉為道教最高神—太上老君;其《道德經》傳世,被視為「道家」鼻祖。而其思想中與方法論有關者,被指稱為「素樸的辯證主義者」。

他的辯證法（dialectics）與西方哲學家蘇格拉底的反詰法（method of elenchus, Socratic debate）有些神似，卻又不同。相似的是，兩人皆有二元論證。不同的是，蘇格拉底是用反詰法（elenctic method）否定正面論述，不提反面觀點。而老子常用正、反並陳的論證，從中反思何者為是，何者為非。

不僅如此，他的辯證法，看似二元對立；實則在對立之中，又彼此相融，相互結合，創造出新見解。而此二元辯證的相對主義論述，可以分三種類型：一者論人世間之理；再而究自然界之道；三而探天人之際的法則。

首先，論人世間之理部分，他說：「禍兮，福之所倚；福兮，禍之所伏。物或損之而益，或益之而損。」又說：「天下皆知美之為美，斯惡已。皆知善之為善，斯不善已。」又說：「為學日益，為道日損。損之又損，以至於無為。」

他云：「輕諾必寡信，多易必多難。」再云：「民不畏死，奈何以死懼之？」三云：「知者不言，言者不知。」四云：「禍莫大於不知足；咎莫大於欲得。」五云：「為而不恃，功成而不處。」六云：「知其雄，守其雌；知其白，守其黑；知其榮，守其辱。」

這種「二元對立」、「正反並存」、「黑中有白，白中有黑」的論述；具人文的啟發與感動。在人文、社會科學的研究對象及行為，本來就存在這複雜的正中有反，反中有正的現象；研究者需要清楚的點出來。而老子的相對主義及辯證思維，就值得研究者揣摩、複製、引申、運用。

其次，他時而究自然界之道；他說：「天下萬物生於有，有生於無。」再說：「有無相生，難易相成，長短相形，高下相盈，

音聲相和，前後相隨。恆也。」三說：「天長地久。天地所以能長且久者，以其不自生，故能長生。」

他觀察自然界之現象後，化約出「無有並存」、「無有相生」、「難易相成」、「高下相盈」，「音聲相和」、「前後相隨」及「自生與長生」之理。也是具二元對立，卻又相融之論。

最後，他藉自然之理或藉人造物之理，論辯人世自處或君王統治之道，或可稱為「探究天人之際」的法則。

他說：「天之道，其猶張弓歟？高者抑之，下者舉之；有餘者損之，不足者補之。」再說：「天下之至柔，馳騁天下之至堅。無有入無間，吾是以知無為之有益。」三說：「人之生也柔弱，其死也堅強。草木之生也柔脆，其死也枯槁。故堅強者死之徒，柔弱者生之徒。是以兵強則滅，木強則折。強大處下，柔弱處上。」四說：「弱之勝強，柔之勝剛，天下莫不知，莫能行。」五說：「天之道，損有餘而補不足；人之道則不然，損不足以奉有餘。」

從方法論來看整本《道德經》，它並非是「素樸的」辯證主義；而是「複雜的」人文、自然、天人三類的辯證論。而且，它的辯證非絕對式的二元對立、彼此切割；而是，正反、黑白、剛柔、福禍相融，彼此相生的二元辯證。

因此，我們只能說老子是相對、相融的辯證思想家；當我們作社會科學研究及論文書寫，不可小覷他這種二元對立、相對、相融及相合的指引！

5-2-2 馬克思：「唯物辯證論」的思想家

馬克思（Karl Marxm, 1818-1883）擁有哲學家、經濟學家、社

會學家、政治學家、革命理論家等頭銜。以 1848 年《共產黨宣言》和 1867-1894 年《資本論》兩部作品，對學術及實踐具重大影響力。

在二戰結束到柏林圍牆垮掉時（1945-1989），曾有約一半的地球版圖、三分之一的國家，以共產主義之名立國。冷戰結束，其政治影響力降低；但在政治、經濟、社會學等領域，新馬克思主義者依舊輩出（neo- Marxist），其理論不斷推陳出新。

他在方法論上，以唯物論、辯證論傳世。

其中，唯物論主張誰掌握了「生產工具」（物），誰就在歷史發展過程中，成為不同社會的統治階級。封建社會的生產工具為土地，掌握土地者為貴族，他們成了統治農奴的上層階級。

當機器出現後，生產工具（物）的變化，決定了農業社會變遷到工業社會。因此，在工業社會中，擁有生產工具的資本家，他們就擠入權貴之列，成為民主國家的新的統治階級，工人就成為不折不扣的無產階級。

他把「物」當作解釋社會變遷，最重要的變因；因此，他乃被視為「唯物主義」的理論家。他的「唯物理論」與韋伯的「唯心理論」並列；乃成為政治學、社會學中，解釋社會變遷的兩個重要學派。

在唯物論中，又有「階級」、「異化」、「衝突」、「革命」、「變遷」等幾個「次級理論」。論者拾其一，就宣稱他是「階級論」，或是「異化論」，亦是「衝突論」，亦或是「革命論」，甚至是「變遷論」的理論家。

殊不知，唯物論包含了這些小理論。每個小理論，皆可單獨存在，擁有解釋力。合在一起，就成了一個大的「唯物主義」理論。而此理論的分類及討論、推論，採用「辯證法」；因此，又有「唯

物辯證論」之說。

在辯證論上，他近承黑格爾的辯證法，遠續古希臘哲人的詰問法。以正、反、合三個概念，討論不同社會中的，擁有生產工具的統治階級（正），及沒有生產工具的被統治階級（反）。正、反衝突，反取代正（合）。

這種正、反兩者相衝突；由反（被統治階級）革命正（統治階級），革命成功後成為合，反者成為統治階級。依此類推，社會變遷中，不斷的有正，必有反的兩個階級彼此對抗。正、反衝突後，反者革命成功取而代之，又成為合，此即為正。

馬克思這種動態的辯證論，相當適合用在資料分類、討論、書寫上。以二元對立的論證，雖然不像多元對立論證討好；但是，正中有反，反中成正的混合觀點，反而符合人類行為的複雜心思。由此來看馬克思辯證法，也頗具啟發性！

5-2-3 高達美：「視域融合」的詮釋主義者

高達美（Gadamer, 1900-2002），是著名的哲學家，活了102歲，他在60歲時，出版具影響力的《真理與方法》一書，奠定他在詮釋學史上的地位。他提出與前輩詮釋學者不同的視野，用「視域融合」（fusion of horizons），總結他的觀點，用來解讀人文、藝術、美學、歷史、社會、哲學等不同學科領域的經典及現象，建構他認為人文及社會的「知識」。

他反對自然科學家的「理性」立場，認為在人文、社會科學領域中，根本不存在這種客觀現象。相反的，在這兩個領域中留下來的文本與記錄，隨時可見主觀的「成見」，甚至是一種時代的「偏

見」。因此，要解讀這些文本與記錄，就得回到文本本身，深入理解寫作者的各種「主觀」與「偏見」，這種詮釋稱之為「歷史視域」。

由此看來，他認為人文與社會的研究，要認清楚「成見」或「偏見」早就存在人類的歷史、美學、藝術、哲學、社會等領域中。研究者不但不能避免它們，甚至要好好的理解它們。並且解讀它們存在之因；及探索它們能夠存在且大量的流行之內在動力。

在整個人類史當中，這類型的現象頗為普遍。詮釋論者須將之轉化為知識；完全異於自然科學家用理性建構知識。形同人文、社會 vs 自然科學，兩類型的知識建構各有其特性及方法；真理也就各不相同。

高達美的「歷史視域」是他「視域融合」的第一步，研究者尚且需要跨越第二步—作者的「現實視域」。即要把某一主題相關文本，所有研究者的相關立場，拿出來探討、分析、綜整。這裡面也充滿了研究者對該文本的「主觀」解讀；或許也可以稱為研究者對該文本的「偏見」。

因此，詮釋者對文本、歷史的主觀或是偏見，是在自己深刻融入且理解之後的主要論點。此時，「歷史視域」與「現實視域」之間，形成一股「張力」。

當我們能夠進入這些作者的論述，就可以稱為已經有了「歷史的視域」；進到第二層次的詮釋。至此，身為詮釋學者，已經掌握「現實視域」及「歷史視域」。再進一步讓它們兩個相互比對，交互作用。之後，我們再提出自己的「主觀性」的解讀，此時可稱為「視域融合」。

要達到這個境界，是指詮釋學者再深入文本經典創作者的內心

深處，剖析他的「主觀」，甚至他的「偏見」；之後，還要進入其他諸多學者對文本的深入理解、諸多「主觀」或「偏見」。在了解這兩個層次之後，詮釋學者才有辦法從中探索出相對合理的文本意涵，或前輩學者的論述，再提出超越這兩個偏見、主觀，建構自己的「主觀」論述。

要進入高達美的詮釋學「視域融合」境界，並非那麼簡單。首先要肯定人文、社會相關領域的學問，異於自然科學研究物所萃取的法則是客觀的知識。人文、社會科學的知識，是人類行動的記錄，而在此之中隱含諸多的「偏見、歧視、武斷、妄斷」或「錯綜複雜的審美觀」，它們是由人類的「主觀」意識型態所構成。

其次，詮釋學者就是要處理這麼多複雜的主觀。他要掌握「文本」中的主觀與偏見，更要掌握「前輩學者」研究文本的諸多主觀與偏見。另外，也要知道自己也有諸多的主觀與偏見。

將之放在水平線上，平等對待、看待它們；而且讓這兩者彼此交互作用及辯證關係。形同一水平線式的視域，再從中提出自己合理的「融合式」的「主觀詮釋」。

簡言之，高達美的視域融合詮釋方法，教導我們處理人文、社會現象及其經典文本時，是在理解這些經典、現象內在的偏見與主觀。這種思維模式，跳脫了實證主義科學家所說的「客觀」存在的現象與法則。

從高達美的詮釋論主張的是，人類本來就存在諸多的偏見、主觀。身為詮釋學者，則是要把它們當作「客觀存在事實」。我們用同理心加以理解之後的論述，事實上也充滿了自己的主觀。唯有將這兩種主觀，放在地平線上平等、辯證對待，才能提出自己一套的

「視域融合」的主觀論述。

而這種詮釋視野，既凸顯出人文、社會知識建構的特質及難度；也不失為一良好的詮釋方法。

5-3 實證主義

5-3-1 孔德：「實證主義」的先鋒

孔　德（Isidore Marie Auguste François Xavier Comte, 1798-1857），他創造了「社會學」學科，被譽為社會學之父。

他引入自然科學的研究方法及知識論，用它來建構社會學的知識。這種思維，在科學哲學中稱為實證主義（Positivism）。因此，他為此學派的先鋒；對科學哲學的建構，具重大影響力。

就方法論來看，他的「實證主義」是指自然科學的思維，用在人類的社會行為研究。因此，廣義的「實際驗證」哲學思想，可以分為在「研究對象」、「方法」、「知識論」等幾個面向。

在「研究對象」的選擇上，社會科學家必須在人群中找尋「真實的、有用的、確定的、正確的、有機的和相對的」等團體或個體「行為」，又可以稱為「經驗研究」或「行為主義」研究。

它或它們的行為，是指人在社會中的「外顯」、可以觀察「現象」；也可是「內在」可以感受的「行動」。只是將自然科學家以「物」研究對象，平行移轉到社會科學家以「人」為研究對象。

在研究方法上，他主張把自然科學在實驗室的「客觀性」，捨棄研究者的「主觀性」，是屬於「實然」（to be）的描述，而非「應然」（ought to be）的道德律。

再用「觀察法」、「實驗法」、「比較法」、「量化法」搜

集資料，並化約、建構「概念」，再用科學研究方法，作概念間的「假設」關連。最後，以資料「檢驗」假設，證實或否證它。用這些方法於社會研究的過程中，成為社會科學家的金科玉律。

再就研究目的建構的「知識論」來看，他希望類比自然科學，建構具解釋力的「理論」知識。這些理論「放諸四海而皆準」，具有全面「因果律」的解釋能力。

依此，社會學建構的知識，首在探求事實，其次著重其本原（原因）和變化之理的「法則」追求。最後，建立具「估計」效力的「理論」。這種描述、解釋、估計的知識，皆摒除「主觀道德律」，而是「客觀性」、「普遍性」的知識法則或解釋律。

5-3-2 涂爾幹：圖書館的「實證主義」者

涂爾幹（Émile Durkheim, 1858-1917）是偉大的社會學家、人類學家，與馬克思及韋伯並列為古典社會學三大理論家。他對社會科學方法論思維，被視為實證主義的思想家。

他對社會學及人類學科開創與理論建構，貢獻卓越。尤其是他對圖書文獻的掌握，常在一般陳述中，抽離關鍵性的概念，並且將不同類型的概念，作因果關係的論證。這種社會學「科學型理論」視角，凸破前輩學者「規範型理論」的窠臼，常具創造性及啟發性。

令人稱奇的是，他在 1912 年出版的《宗教生活的基本形式》，內容豐富且多彩多姿。讓人誤以為他曾親身到過澳洲土著、北美印第安人和愛斯基摩人等部落收集資料，才能書寫出本書。

事實上，他只是憑圖書館既有「次級資料」，及運用他人採集的「原級資料」，就可以完成此著作。他早些年代，1893 年《社會

分工論》及 1895 年《社會學方法的規則》的作品，也是在學院中創作。

他這種毋須到社會或田野作調查，就可以作出「實證主義」的社會學、人類學研究，讓我們驚艷。原來社會學、人類學的「經驗研究」，可以運用他人一手資料，在圖書館內、書房中孕育而生。可以稱他為：「圖書館的實證主義社會學家」。

他與孔德皆屬「實證主義」的社會學家，深受自然科學家研究「物」的「自然現象」影響，他主張研究「人」的「社會事實」。而且，提出它具有「客觀性」、「集體性」、「強制性」三個特點。由此看來，在人群中的語言、宗教、道德、法律或流行風尚，皆屬其研究範疇。

再就「社會事實」的本質來看，它是指一種固定或不固定的動作狀態，由外界的強制力影響個人，而使個人感受到的現象。或者說，一種強制力，普遍存在於團體中，它不僅獨立於個人、且作用於個人，使個人可以感受到的現象。

不僅如此，他重視實證主義的最高境界 -「理論建構」。他闡述並論述社會事實之間的關連，它們可能存在各種結構或功能。這種諸多社會事實間，證實彼此存在因果關係，即是社會學「理論建構的雛型」。有了諸多社會理論群，社會學作為一個學科，就順理成章誕生了！

在 1897 年《自殺論》中，他首次操作實證主義的量化研究（quantative research）。用數字資料，論證各類型自殺的各項社會可能變因。此時，他又開啟以實證主義的「量化方法」研究社會學的一扇門。

他將諸多自殺事件，分為「利己的自殺」、「利他的自殺」和「失範的自殺」等三種類型。證實了「當社會聯結愈緊密，個人自殺的可能性愈低」這項命題；而這也存在悖論：「社會聯結愈緊密，集體自殺的可能性愈高」。至於失範的自殺的原因，他也提出：「社會價值的突然失去，失範的自殺可能性愈高」的理論。從這些理論來看，涂爾幹的社會學「量性研究」的色彩甚濃，也有自然科學理論、模型的影子。

另外，他對社會學研究對象 - 社會事實（social facts）的確認，及期待對社會事實間，作出因果關係論述的思維；至今仍然影響我們作宗教學、社會學、人類學等領域的研究。

5-3-3 胡適：「實證主義」研究人文學、史學大師

胡適（1891-1962）為康乃爾大學博士，是當代偉大的哲學家、研究者。他以實驗主義（pramatism）作研究聞名，對傳統中國不講方法論的學界，產生重大刺激與影響。此思維，也是科學哲學中的一支，接近實證主義（positivism）。

他受業於杜威教授，將他的實驗主義帶回中國後，他用此新的「科學方法」，研究文學、哲學、史學、考據學、教育學、倫理學、紅學等領域，獲得成就。此方法的引入，令傳統中國的人文學、社會科學研究，耳目一新！

事實上，實驗主義為美國詹姆斯、杜威開創，胡適傳承後，簡化為「大膽的假設，小心的求證」兩個概念，是實證主義中的兩段研究過程。部分論者認為他是「素樸的實證主義者」，對他並不公允。

　　因為他以此法在人文、歷史、小說、考據之研究；而非社會科學的研究。此外，他又是傳統人文學的「懷疑主義者」。認定當時全球流行的一切「主義」，一切「學理」，都該研究。在此立場上，他又接近「後實證主義」。

　　就懷疑的方法思維，所有的學問（理論），都可作為「假設」。因此，胡適提出「做學問要在不疑處有疑」的主張，成為研究者的為學之道。對於人文學、史學、宗教學的金科玉律，或是他人視為作天經地義的信條；只可當作待證的假設。

　　他又主張：研究者須多研究問題（questions），少信仰主義（ideologies）。從具體的事實（facts）下手作研究，再根據自己的經驗、學問，提出種種解決的辦法。再運用自己的想像力，推想每一種假定的解決法，應該可以有什麼樣的效果。

　　它與歐陸自然科學的實證主義（positivism）研究思維想似，卻又有些不同。他的實驗主義，強調教育即生活，生活中求知識，一切皆由作中學，從作中學化約知識。

　　而自然科學、社會科學的實證主義，前者著重科學的客觀研究，究自然界的「事物變化」之理。後者則主張，將自然科學方法用於社會現象的研究，發現、建構「社會」之理。

　　總結他對研究方法思維的理解，可以分為挑選對象、問題、知識、過程、目的等面向。在研究對象上，他把實驗主義用在傳統中國的史學、考據學等人文學領域。完全異於傳統人文學者，他可以說是人文學的科學研究者。

　　在研究問題上，他強調問題取向、理論即是問題。而在研究過程中，他主張確定問題後，就得運用自己的知識、經驗、直覺提出

「大膽假設」。再據此搜集資料「小心求證」既有的假設。如果檢證成功，即可建構理論；反之，重新建構新問題，重啟下一輪的研究。

　　以問題為導向的研究過程，接近「實證主義」的研究立場。以理論為問題，對既有知識，始終抱持懷疑見解的立場，所作出的研究流程，則有「後實證主義」的味道。

　　最後，他提出研究的目的有二，一在於尋求事實，尋求真理。二為「發明不是發財，是為人類的幸福」。前者，是科學家的共同夢想；後者，則是具人文品味的科學家才會擁有的情懷，這完全異於科學家追求功利的想法。

5-4 後實證主義

5-4-1 孔恩：「典範革命」的科學哲學家

　　孔恩（Thomas Samuel Kuhn, 1922-1996）以《科學革命的結構》（The Structure of Scientific Revolutions）一書成名，是 20 世紀最偉大的科學史學家和科學哲學家之一。在科學哲學的學派，被歸類為「後實證主義」。

　　在其著作中，提出「解謎」、「科學社群」、「典範形成」、「舊典範」、「典範移轉」、「典範革命」、「新典範」；及間接相關的「異例」、「常例」、「常規科學」等概念；皆是研究者如數家珍的基本知識。

　　他認為自然科學家是解謎者（puzzle solvers），負責建構典範或範式（paradigms），用它們來解答自然界、宇宙中錯綜複雜的自然現象。他們是人類社會階級中的少數的「科學社群」。然而，自

然科學「典範」的概念，也常被人文學者、社會科學家引用、討論。

　　孔恩是從自然科學演變史，化約、發現每個時代皆有科學家社群解釋自然現象的「法則」，依此共同建構、彼此可以承認的知識。孔恩將這些被科學家認可的知識，命名為「典範」，而且，它們是科學家的共同、抽象語言。

　　不僅如此，他發現每個時代皆有其獨特的自然科學知識，而且，常出現對前代知識的重大翻轉，幾乎推翻前輩學者的知識，他稱之為「新典範」。而「舊知識」—即是「舊典範」也就失去效用，主要原因是無法解釋諸多「異例」。

　　因此，欲建構「新典範」，拋棄「舊典範」，是對「異例」或「異例群」的選擇及研究，而能作出成果。它們顯現出對知識累積的重要性，而且它們也是促成「典範移轉」的主要動力。

　　此新、舊典範的轉移，就出現了自然科學的革命。在自然科學史中，常出現這種完全顛覆過去知識，導致新知識的「典範革命」。每個新時代的「新典範」，取代舊時代的「舊典範」；而皆屬「單一典範」。

　　但是，在人文學或社會科學史中，卻常「新、舊典範並容」；甚至「多元典範並存、彼此競爭」的現象。諸多鉅型、中型或微視理論，各自解答人文、社會現象中的一部分。它們皆言之成理，存在於過去、現在的知識領域中。

　　為何自然科學、人文學或社會科學出現重大的典範差異？主要原因在於，自然科學研究對象為「物的現象」，人文學或社會科學研究對象為「人的現象」有關。

　　對於前者，沒有人類的「意志」、「心思」、「情緒」、「情

感」、「認知」、「道德」等內在。自然科學家容易追求、探索「普遍性」法則（law）；建立物理學、化學、生物學、天文學、地質學、地球科學等科學知識。

而後者，則要處理複雜的各種文化框架下的人性、心理、社會、政治、經濟行為。社會科學家則往往只能建立「部分法則」，論述經濟學、社會學、心理學、政治學、人類學等知識。很難建立放諸四海而皆準，百分之百的「解釋律」。

5-4-2 卡爾巴伯：「否證主義」的思想家

卡爾巴伯（Karl Raimund Poppe, 1902-1994）為 20 世紀最偉大的哲學家之一，也是「哲學史上第一個非證成批判主義哲學家」，對科學哲學為一學門，起了重大貢獻。

其否證主義思維，具濃厚的演譯法（deduction）影子，他鼓勵研究者以此思維作研究設計，開啟科學知識建構的一扇門。相對的，他也挑戰了傳統歸納法（induction）建構知識的合理性。

他的「可否證性」（Falsifiability），是指對既有理論、知識的挑戰，成為精緻的理論。對「實證主義」的反省，乃成為「後實證主義」的開山鼻祖。他批判別人視科學「理論」為理所當然的事，主張對它加以懷疑、再檢驗、再精練，建構「新理論」。

他提出 P1->TS->EE->P2 模式，確認求知識的過程與方法。唯有將理論當作「P1」（problem），研究者再針對它提出假說（hypothesis），進而提嘗試解決（tentative solution）它，為「TS」。

再者，經由「證偽」的例證個案或個案群，來消除理論的錯誤（error elimination），稱為「EE」。此時，就可精緻原有的理論。

甚至，再將新理論視為新的「問題 P2」，持續性的探索，成為一個研究過程的循環。

事實上，就研究方法思維來看，他的「否證主義」，即是以「懷疑論」出發，不確定既有理論為真。把理論當雞蛋，在「雞蛋中挑骨頭」，不斷的挑戰它，精緻它。

因此，他所提的研究過程：P1->TS->EE->P2，類似演譯法三段式的具體操作。即有「大前提」為第一段，「小前提」為第二段，後者檢視前者後，作出「推論」，而有「結論」，為第三段。

在此，巴伯的將既有理論（知識）當作「問題」，並操作為「假設」，也就是「大前提」，此為第一段。再找某一個個案，來「證偽」或「確證」理論假設，此為第二段。排除錯誤，就可「推論」出新的理論，此為第三段「結論」。

這種演譯法在研究設計，尋找有意義、具挑戰理論的個案，具前瞻性思維。如果常以巴伯的否證式思維作研究架構，搭配合適的個案挑戰理論，常得到意想不到的研究成果。

此時，我們就可以確定巴伯式思維的重要性。他遠接柏拉圖三段式的演譯法推論；近則批判了運用歸納法得來的知識。或許，嫻熟的巴伯式思維轉化成研究主題及過程，我們的研究就可以逐漸積累！

5-4-3 拉卡托斯：「研究綱領」的方法論

拉卡托斯（Lakatos Imre, 1922-1974），為當代科學哲學家。他批判地繼承了波普爾的科學哲學理論中的否證論，也對孔恩常態科學典範，作出修正。進而提出了《科學研究綱領方法論》。

此「研究綱領」的論述，既承認否證論、典範的重要性；但又對它們有所不滿。認為在科學理論體系中，有其內在結構。研究網領分為內層、外層；內層是由一個穩定、不容改變的「硬核」（hard core）知識所組成；外層則是由一個允許調整以應對批評的「保護帶」（protective belt）構成的。

在他看來，所有的自然科學家要挑戰整個「研究綱領」，難度甚高。大部分的科學家作的研究，只能修正外層「保護帶」的理論；欲推翻內層的「硬核」知識，則屬重大的、開創性的研究發現。

因此，內層硬核與外層保護帶構成「研究綱領」。它屬諸多理論（知識）的集合體。其內、外層的知識，有高低、難易之別；不可一視同仁。而且，當「研究綱領」的保護帶已不足以預見新的事實，或無法解釋以往的事實時；此時，此綱領已經受到挑戰。

尤其是新的個案不斷衝擊「硬核」知識時，「研究綱領」已經搖搖欲墜。此「研究綱領」已非進步的知識，並會被「新的」、「進步的研究綱領」所取代。但是，他認為「舊研究綱領」也可能在以後捲土重來，挑戰「新的研究綱領」，取而代之，重新成為「進步的研究綱領」。

由此看來，拉卡托斯的「研究綱領」，仍然屬於「後實證主義」脈絡，皆在挑戰既有知識。只是他將知識分為「保護帶」及「硬核」兩群的思維，頗為創新。的確在既有的諸多理論群中，可以發現簡單的理論及不易改變的硬道理！

5-4-4 法伊爾阿本德：「無政府主義」的科學哲學家

法伊阿本德（Paul Feyerabend, 1924-1994）是一位科學哲學

家。他以為「科學本質上是一無政府主義事業」，主張「理論上的無政府主義」（theoretical anarchism）和「方法論的多元論」（methodological pluralism）。

他對科學的「客觀性」提出異議。認為知識始終在變動中，沒有「永恆不變」、「絕對客觀」的知識。我們不可能找到符合人類任何時代，具備「客觀性」、「合理性」和「普遍性」等特質的知識。

因此，當我們不可能建構「超越時空」、「永恆不變」的客觀性知識時；只能退而求其次，找尋「某一階段」的知識。換言之，每個時代皆可能有其代表性的知識，而它既凸破過去知識的盲點，又常被未來的知識推翻。

對於科學的「理性」，他既肯定、又批判。他肯定理性取得了偉大成就，也用「相對主義」來削弱理性的基礎。認為只有「相對主義」，才能公平、寬容地對待各種傳統、理論和文化。他擔心，科學的理性主義，使人們成為「單向度的人」，無法自由的思考與反省。

他批判的是科學理性，並不是要取消一切理性。他只是想摧毀令人生厭的經驗論和教條主義，敦促研究員創立生動活潑的思維形式和方法論。他「反思理性」的作為，是重新超越科學理性；尋找比現實更好的思維，發現真理。

另外，在方法論上，他以為科學並不按固定模式發展；批判「科學研究靠邏輯上嚴格論證的方式進行，只不過是一場夢」。進而主張「怎麼都行」；研究者得根據具體情況，採用自己認為合適的特定方法作研究。因為，科學研究沒有放之四海而皆準的方法論。

他部分主張與孔恩雷同，如科學知識發展，會有斷裂、不

連續（discontinuity）；科學革命出現新、舊理論的不可共量性（incommensurability）；及隨科學理論變革，而發生科學概念意義的變異性。但也有部分主張與孔恩不同，如他從科學史實來看，並沒有「典範」（paradigm）的理論。

他從科學史的個案研究，發現科學研究常違反理性規則，而發現新理論。因此，他在《反對方法》書中，就分析科學家「反歸納規則」的史例，充分彰顯既有的「理性的」、「規範的」規則，常不具效能。

總體來看，他為巴伯的門下，常以科學史、否證主義、批判主義反思方法論，及方法論建構的科學。在科學史中，常是跳脫前輩科學家的「理性方法」重構科學知識（理論）。這種反思過去種種的「方法論」，不被過去的「方法論」框住，成為他在科學哲學的重要貢獻。

5-5 反思主義

5-5-1 司馬遷：用「採集‧觀察‧分類」法書寫

司馬遷（B.C.145-B.C.86）被尊為太史公，是西漢時期著名的史學家和文學家。撰寫的《史記》，被公認為是中國歷代史書的典範；首創「紀傳體」的撰史方法，成為歷代朝廷史官書寫歷史的途徑。

就方法論來看，太史公在 2 千年前就懂得用「文獻法」、「觀察記錄法」、「採集風俗法」來收集資料，是相當難能可貴的思維。在當代的「質性法」宗教研究，也逃不出這些方法。

此外，他在收集資料後，將之比對於當時的「簡牘」、「檔案」。

再將資料化約，「分門別類」。以類型學配合歷史時間縱軸，用「橫排」及「豎寫」的概念，撰寫《史記》。

先談「採集風俗法」。他走出檔案資料庫，到民間社會採集耆老的「見聞」。如《史記》中：「吾聞之周生曰，『舜目蓋重瞳子』，又聞項羽亦重瞳子。」、「吾聞馮王孫曰：『趙王遷，其母倡也』」。只要是「吾聞」，皆是太史公親手採集後的書寫。

社會科學家對社會事實調查，非常重視訪談關鍵人物，藉此獲得原級資料。太史公傳承孔子，入太廟每事問的方法，來民間尋找耆老詢問，他欲探索問題的答案。只不過是現代社會科學家的社會、宗教深度訪談，分為「無結構」、「半結構」、「全結構」的問題設計；我估計，太史公當時沒有此思維。

其次，再言及「觀察記錄法」。他離開長安，四處遊歷，藉此記錄所見所聞。比如《史記》中有：「余嘗西至崆峒，北至涿鹿，東漸於海，南浮江淮」（〈五帝本紀〉）；「余登廬山」（〈河渠書〉）；「吾過大梁之墟」（〈魏公子列傳〉）等。這些陳述，隱隱約約透露了司馬遷到處旅行，並將觀察寫下記錄。

當太史公走出書房，到民間市集之外；他尚且旅遊中原，甚至達九州之邊境。登上江西廬山，到過已經是廢墟的大梁舊城。這種旅遊過程，用「觀察」及「記錄」方法，採集資料後再行書寫。

最後，言他的「分類法」。他把《史記》，書寫傳說中的黃帝至漢武帝時期以來的歷史，全書分成「本紀」、「表」、「書」、「世家」和「列傳」五個類型，又細分成一百三十卷（篇）。

其中，年「表」傳承自孔子的《春秋》，以「編年體」方式，按年代逐條書寫。其餘的四類，皆屬「記傳體」的記錄。「本紀」

記載「天下」統治者的事蹟,「網羅天下放失舊聞,王跡所興,原始察終,見盛觀衰……著十二本紀,既科條之矣。」

「世家」書寫深遠的家系、周代的諸侯國和漢代的王侯貴族。效法「二十八宿環北辰,三十輻共一轂,運行無窮。輔拂股肱之臣配焉,忠信行道,以奉主上。」作三十世家。

「列傳」書寫的是歷史上各類人物,「扶義俶儻,不令己失時,立功名於天下,作七十列傳。」「書」則書寫歷代的典章制度;以「禮樂損益,律歷改易, 兵權山川鬼神,天人之際,承敝通變。」而作八書。

不僅如此,他文采奕奕,書寫精彩的故事,使整本書充滿文學張力與氣息,成為後代文人下筆書寫小說、筆記、劇本、詩詞的重要參考素材。而且,透過他的春秋大義歷史巨緣,臧否事件、人物;又具哲學「批判主義」之意涵。

由此,看太史公用「採集風俗」、「觀察法」搜尋資料,歷久彌新。用「分類」、「文獻法」比對原級資料,再書寫《史記》,也足以和當代的方法論中「質性法」相輝映。

因此,我們展讀《史記》之際,也可反思他的心路歷程。他書寫前,「用功讀萬卷書」的體悟;「用心行萬里路」的觀察、訪談記錄;皆足為社會科學研究者的楷模。

5-5-2 繆勒:拍開「宗教學」的大門

繆勒(Friedrich Max Müller, 1823-1900),是一位文字學家和東方學家,也是西方學術領域中,印度學與宗教比較學的奠基者。他在英國的四場演講,集結成《宗教科學導論》一書,是他被尊為「宗

教學」之父的主要原因。

書中呈現「只知其一，一無所知」的比較宗教論點。他以「語言學」來研究各個宗教「客觀」存在的現象。再以比較視野，探索各宗教活動的共同「本質」。這種比較方法及科學主義的論點分析宗教，前所未見，完全異於傳統的「宗教哲學」及「神學」論述。

就科學主義來看，他深受當時自然科學的影響，才會大聲疾呼，要以「科學」方法來研究宗教。但是，這在當時保守的宗教氣氛，及自然科學至上的環境，乃被右派宗教人士及左派科學家左、右夾擊。

右派神學家認為，他把宗教現象當作「人的活動」，形同否定了宗教的神聖不可批判性。既然如此，宗教學以人為主軸的宗教研究，神學家、宗教人士就不足一哂。

至於左派科學家，對宗教現象中的占星算命嗤之以鼻。更不用說，他們也常把巫術當作怪力亂神之舉。因此，科學家對宗教的鄙視，成為合理行為；不會想到用科學方法來看宗教的江湖術數、巫術、神聖敬拜之行為。

儘管他受左、右派的批評，但是，他依舊走不偏左、也不離開右的路線，似乎也走出傳統神學的「宗教本位主義」研究；也與傳統哲學的「宗教批判主義」研究相左。

他堅持以科學方法，視宗教為一人文現象，以客觀態度搜集、分析、綜整資料。探索不同宗教的共同「本質」，建構解釋宗教的法則。他藉此來開創「宗教學」，進而走出一條前所未有的「新學科」之路。

不過，他接納自然科學的思想之際，只能用他熟悉的「語言

學」，捨棄當時正在發展的社會科學各學科，作為研究途徑（research approach）切入宗教現象研究。然而，此見解與現在的「宗教學」研究途徑，相去甚遠。

因為，依他之見，學者在作跨宗教的比較研究，就需要懂多國家、民族的語言，增加了研究困難度。因此，在他之後的宗教學者，寧可從「人類學」、「社會學」、「心理學」、「史學」、「現象學」等學門，作為比較宗教研究途徑；作出來的成果，早就超越他的主張。

固然，他未料到宗教研究史的發展，幾乎完全脫離他的研究途徑。目前學界，用語言學作宗教研究，已經式微。但是，他對比較方法：「唯經由比較，才能獲得知識」或是「只知其一，一無所知」的論點，在當代的宗教學界依舊大放異彩。

現在的宗教研究，以個案為基礎；多個案的跨宗教比較研究為進階。前者，可以尋找出「通則」，對宗教個案作合理解釋。後者，則可化約出解釋力較高的「法則」。

如能窮盡全球各宗教的同一主題多個案研究，且能推論出宗教的相同性質時，進而建構出解釋力最高的「理論」。而這種思維，可能是他當初提倡宗教科學導論的初衷及目的。

至於他的「宗教發展」論述，受達爾文「演化論」的影響，認為人類從一神論發展到多神論，再發展到一神論，最後進入無神論。這種直線性的發展，類似泰勒的巫發展到多神論，再發展到一神論，最後進入科學取代宗教。

考諸他倆之後的宗教發展史，人類從工業社會到後工業社會，再到當代的人工智能社會。無論自然科學如何昌明，現在仍存在巫

術、一神、多神論的多元宗教與無神論。這種多元宗教並存現象，早已否定他的論述。

撫今追昔，當我們緬懷繆勒開創宗教學之功，肯定他宗教比較視野、科學方法研究宗教之創舉。卻也應該反思他的侷限性，如他的語言學研究宗教，只是多個途徑中的一支。再如他的宗教發展論，只能參考就好！

5-5-3 奧托：從神學到宗教現象學之路

奧托（Rudolf Otto, 1869-1937），是著名宗教學家、哲學家、基督新教神學家。他在方法論的貢獻，應屬「宗教現象學」研究、學科的開創，及用比較視野作跨宗教「本質」性問題的探索這兩項。

而他能夠成為傑出的宗教學者，應該與自己對閱讀、觀察時的敏銳直覺及反思有關。他年輕時，離鄉背井到外讀大學；之後，1891 年到希臘，1895 年到巴勒斯坦，1911-1912 年到亞洲等地旅行，開啟他對「宗教學」的新論述，而被譽為「宗教現象學家」。

先說他年輕時的神學信仰轉折。他出身於傳統基督新教路德會家庭，19 歲接受保守的神學教育。然而，他陰錯陽差轉到「自由主義神學」為主的哥廷根大學，深受史萊馬赫（Friedrich Schleiermacher, 1768-1834）的影響。重新體悟人類內心的「宗教感覺（情感）」，遠比外在的儀式、經典、制度來的重要。此概念衝擊到他，也開啟他神學的新視野。

由此引申，他非常重視「絕對他者」（das ganz Andere）的概念；它是指宗教徒對至高神，在內心產生的「神聖性」（Numinous）感覺。重新提出神性本質中的「無理性」或「超理性」（nonrational or superrational）一面，並指出它常存在內心的宗教經驗中。反對正統基督教對上帝作「唯智論」及「理性論」的解釋。

他用「神聖性」取代原有的「神聖的」（holy or sacred）一詞。因為，後者具有「至善的」道德屬性與理性外表。他希望用拉丁文的 nemen，來說明神秘或神性，是屬於「神秘的」或「既敬畏、又嚮往的」情感。

當他重新賦予「令人戰慄的神秘」（mysterium tremendum）情感的新意時，深入探討此概念下的「畏懼感」、「崇高感」及「活力感」等三種情感。在面對「絕對他者」的至高神時，人對祂的敬畏之情而非害怕、至高無上而自我謙卑及充滿活力之情。

此「神聖性」，是一般人不能理解、無法說明的「奧秘」感覺。它異於「倫理」、「道德」的「神聖」；也不同於「科學」、「機器」的「神奇」。它是無理性，甚至是超越理性的情感。

此情感存在於信徒心中。尤其是基督徒虔誠敬拜上帝這尊至高無上之神後，在他內心，視上帝為宗教情感對象的神秘者。祂也是一位不可思議，我們知識永遠無法企及的神聖者，可以稱之為「全然相異者」。

來到亞洲，他以對基督教一神論「神聖性」的理解，「平行性」移轉觀察印度教多神論；開創他比較宗教現象學的視野。他在日本演講主題是「關於東方與西方宗教展開的平行性」，認定東、西方宗教存在共同的宗教情感，即是「平行性」的概念。

他跨國文化之旅，讓他更深信西方宗教的「絕對他者」，也可出現於東方宗教。用此概念來看印度教的《奧義書》，也有類似的現象足以比擬。像印度教為多神論中的「婆羅門和 Atman 的一體性」

（梵我如一），非常接近基督教的「絕對他者」。

　　由此看奧托對宗教的理解，比較接近宗教現象的本質性探索。他希望用西方宗教的「絕對他者」帶給信徒「無理性」或「超理性」的「神聖性」感覺，當作「理論概念」，用它觀察全球其他宗教。

　　就豐富宗教學內容來看，他揭櫫「無理性」或「超理性」的「神聖性感覺」，為宗教本質研究的重中之重。而此論點，也促使「宗教現象學」萌芽，他成為此學科的開山鼻祖。

　　但是，是否全球各宗教皆如他所言，皆有一神論的「絕對他者」？或是，各宗教的徒眾面對至上神時，皆有「令人戰慄的神秘」（mysterium tremendum）情感？亦或是擁有此概念下的「畏懼感」、「崇高感」及「活力感」等情感？應該只是一種「理論假設」！

5-5-4 易君博：融合「實證主義」與「後實證主義」

　　易君博（1920-2013）為當代台灣的政治學理論家；受卡爾巴伯的科學哲學，認為理論與科學是一體兩面之事。也受伊斯頓的政治系統論的影響，一直希望建構鉅型政治科學的「系統性理論」，使政治家成為優質的學科。

　　他的方法論，充滿了「實證主義」與「後實證主義」的影子。認為社會科學一如自然科學，應該從「事實」的經驗世界出發，以建構「理論」及整合各個理論的「系統性理論」，為最高的目的。

　　在他看來，用「後實證主義」的思維建構理論，就得挑戰「舊理論」。它是由上面的抽象理論，往下面具體資料及經驗世界的真實現象的研究路徑。認定科學是不斷進步、創造的過程；既有的「理論」皆可能不具完美性，因此，也都可以當作「理論假設」。

　　依「理論」而發展成 1 個或數個「假設」，由它（它們）轉化成為「概念」或「概念群」；再依此作成「研究架構」。此時，再往下延伸，在經驗的真實世界，用各種符號作參與觀看、訪談記錄或問卷調查，搜集有意義的資料。

　　果不依此，胡亂搜尋一推無用的資料，將無益於假設，無遑論理論的檢驗、修正或推翻。在易君博看來，這類資料犯了「事實誇大主義」的錯誤，完全無益研究，也就無利於知識的積累或凸破。

　　另外，再用「實證主義」的思維建構理論。此時，就由下面具體可見的真實世界開始，往上用抽象化符號作資料，再從同質性的資料化約抽象化成概念及概念群。再勾連它們，成為因果關係的「假設」。最後，證明此假設成立與否；當假設成立，就成為具解釋力的「理論」。反之，研究的初發點，再來一次研究。

　　易君博這兩種研究路徑，目的在於建構「社會科學理論」，完全是自然科學研究路徑及目的的引伸。他甚至比照自然科學，希望在社會科學（政治科學）中，串起數個或數十個「理論」，建立「系統性」的「大理論」。

　　他要用此作為「學科」成立的判準。事實上，這是他那個時代的政治學家伊斯頓、社會學家派深思共同的企圖。而他們倆人的政治、社會體系論，已經被批評為只是個「分析架構」，而非具解釋力的理論。而且，這個評價是合理的。

　　而且，社會科學各個學科的建立，能否如自然科學的學科，皆可以含蓋各理論，而成為「系統性」理論，這項學術工程頗值得懷疑。不僅如此，諸多理論間的競爭，遠比多個理論建構成「系統性」理論的可能性高出許多。

除此之外，易先生的方法論思維，可觀處甚高。他企圖融合「實證主義」與「後實證主義」，將之轉化為研究者所用。根據自己的主題，如有理論在前，就用「後實證主義」檢驗「舊理論」。如果沒有任何理論，屬於開創型的研究主題，適合用「實證主義」來建構「新理論」。

5-5-5 呂大吉：確認「宗教研究」的方法及範圍

呂大吉（1931-2012）是中國大陸解放後，最早投入宗教學研究的學者之一，他著有《西方宗教學說史》及《宗教學通論》，構成了他對東、西宗教學系統性的論述及認知。在宗教學的方法論，用傳統「文獻法」、「詮釋法」及「類型法」傳世。

他的「一史一論」著作，比較接近「教科書」的書寫方式。他只比對圖書館文獻、資料，用傳統文人著作的方法，在自己理解後書寫而成。他不到外地作田野、不採集風俗、不深度訪談、不用觀察法，更別說問卷調查了。他對當代的質性或是量性採集資料法，全部捨棄不用。

他像社會學家涂爾幹，「書生不出門，能知天下宗教事」。於圖書館中坐覽群書，運用「文獻法」著書立說。只憑他敏銳的直覺，逐一「化約」諸多名家論述，就能萃取其意涵，深入其本質、特性。

再用「分析法」，類似「解剖」身體，「切片」檢查，細膩的描述學者各種見解。再以「比較法」，比對各種見解之異同。將相似見解，「歸類」為同一類型的定義、理念。對不同見解，探索其原因。最後，以「綜整法」整合各種見解、論述，提出他自己主觀的詮釋。

　　他的《西方宗教學說史》，以「橫排縱寫」的方式，以西方2500 年的宗教史為縱軸，從西元前 5 世紀寫到 20 世紀。再按「類型學」的概念，逐一寫古希臘時代「哲人論宗教」；接著寫中世紀的「神學獨斷」，文藝復興的「神本到人本」。

　　到 16、17 世紀，書寫「神的自然律」，近代 17-18 世紀的「自然理性」、「哲學批判神學」。到 19-20 世紀，開展出來現代的「宗教學」、「宗教比較學」、「宗教人類學」、「宗教社會學」、「宗教心理學」等學科。

　　另外，他的《宗教學通論》，是本大部頭、約 65 萬字的作品。涵蓋東西方宗教現象，面向比前面作品更為寬廣。用「化約法」、「分類法」，將之寫成「宗教本質及表現」、「宗教起源和發展」及「宗教與文化」等三篇，構成宗教研究的框架與主題範疇。

　　第一篇論「宗教本質及表現」，勾勒宗教的本質、分類及宗教「思想」、「情感與經驗」、「行為」、「組織與制度」等 4 項基本要素。其中，他清楚指出 4 項要素中的「思想」為核心議題，次核心為「情感與經驗」，再來為「行為」，最外層為「組織與制度」。

　　這些概念的介紹，抓住了宗教的內在現象及核心問題。論述每個宗教，皆可論其經典中的思想面，宗教人士的情感與經驗面，宗教人士、團體的行為面，及其大、小宗派的外在組織與制度運作面。

　　唯一可惜的是，這 4 個概念彼此之間的交互作用，他礙於篇幅「存而不論」。事實上，現代的宗教學研究主題，常常是這 4 個概念的兩兩相關，甚至是 3 者、4 者相關，互為因果。

　　在第二篇論「宗教起源和發展」，以全球為視野，從宗教起源論起，再論原始社會、古代階級社會宗教，後論世界宗教。他在起

源的論述，具科學理論性質；其他「發展」的章節，比較接近「事實陳述」，少作「為何發展」的討論。另外，他對20世紀初期，西方的「新宗教崛起」，完全視而不見。這應該是與中共的體制下，新宗教議題尚屬敏感有關，才會擱置未論。

最後，他在第三篇論「宗教與文化」；跨出宗教的「小框架」，步入到文化的「大框架」。討論「宗教與文化」、「宗教與政治」、「宗教與道德」、「宗教與藝術」、「宗教與科學」等文化大框架；論辯兩者相關連的問題。

呂先生已經看到這些問題的重要性，而且，它們不下於宗教內部4個要素，或宗教的起源與宗教的發展的問題。此外，他看到了宗教小框架與文化大框架的互動關係的問題，非常值得學界探索。

當他點出宗教與外部框架的關係後，也就隱約指出未來可以發展「宗教文化學」、「宗教政治學」、「宗教道德學」、「宗教藝術學」或「宗教與科學」等學科。

不僅如此，用此邏輯推論，尚可以倡議「宗教經濟學」、「宗教法律學」、「宗教管理學」、「宗教倫理學」、「宗教電影學」、「宗教修行學」、「宗教社會學」、「宗教心理學」、「宗教哲學」、「宗教文學」、「宗教語意學」、「宗教詮釋學」、「宗教行銷學」等新領域的課程。

總結他的作品，雖然取書名為《通論》；但是，他用「文獻法」對每個概念作旁徵博引、引經據典的論證討論，已經超越「通論」、「概論」的層次。而且，他指出「宗教研究」的範圍，對初學宗教的研究生來說，已經有了一張研究「地圖」。讀者可按圖索驥，發展自己的研究主題或方向了！

5-5-6 黃光國：走向《社會科學的理路》

黃光國（1945-）是台灣傑出的心理學家、方法論學者之一。在長期投入「社會科學本土化運動」後，開始反思，科學哲學的課題。他從西方科學史中理出《社會科學的理路》一書，在方法論上做出綜整式的總結貢獻，是初學研究的思維手冊。

他認為社會科學家與自然科學家雷同，都是在建構「知識」。而「知識」可分為生活世界的「微知識」及研究世界中「真知識」。生活世界中的「微知識」未證實之前，屬於「常識」，需靠科學家加以建構成為「知識」。

因此，自然、人文、社會現象與知識是一體兩面，猶如車之兩輪。所有科學家的研究工作，就是在生活世界中，抽離現象成為符號、概念、假設，最後加以檢驗，成為理論知識。

在他看來，整個西方科學史所建構出來的科學哲學派別，可以分為：自然科學為主軸的「實證主義」、「後實證主義」及社會科學為主軸的「結構主義」、「詮釋主義」、「批判主義」；及整合自然科學與社會科學的「實在論」。這些不同的派別與哲學思維，對建構知識的方法各有差異，導致不同的理論與真理。

他主張，實證主義源於石里克（Moritz Schlick, 1882-1936）的邏輯實證論、卡納普（Rudolf Carnap, 1891-1970）的經驗主義、韓佩爾（Hempel, 1905-）的邏輯經驗主義；他們是從自然科學中，思考建構知識的三個重要哲學家。他們按科學家研究自然界的客觀觀察現象，化約眾多同質的自然現象為一概念，勾連不同性質的概念為假設，再用經驗資料來檢驗假設，檢驗成功之後建構出理論的邏輯，逐漸積累科學知識。因此，所有的自然科學知識，建構在「可

觀察」、「可檢證」、「可探索」、「可推論」、「可重覆」、「可預估」的經驗現象上。

在整個西方自然科學史中，隨後出現「後實證主義」學派。他們以巴伯的否證論、孔恩的科學革命、拉卡托斯的科學研究綱領、法伊阿本德的科學無政府主義及勞登的研究傳統為代表，批判、反省實證主義的理論瑕疵。

他們對既有自然科學建構的知識，發現了一項鐵則 - 每個時代皆有每個時代的科學知識，前代的科學知識，經常被現在的科學知識所推翻；現在的知識也可能被未來的知識所取代。簡單的說，科學知識是一種革命性的躍進，現有理論具有「不確定性」、「可否證性」、「移轉性」及「革命性」等特質。

無論是實證主義或是後實證主義，皆是以經驗研究出發，著重在可觀察的現象與行為。將它們的思維邏輯從自然科學運用到社會科學來，就出現了社會科學家採取自然科學家的研究方法與思維，構成當代的社會學、心理學、政治學、經濟學、人類學等基礎學科的「行為學派」理論。

儘管西方的科學哲學發展以自然科學為主軸，建構出上面的實證主義及後實證主義兩個學派。然而，西方尚有另外一個主軸反對用自然科學的方法來研究人文、社會現象。他們主張，人文、社會現象有其「複雜性」、「多元性」、「變化性」的特質。因此，要採用符合他們這些特質的研究思維與方法。而有結構主義、詮釋主義、批判主義等科學哲學派別出現。

在結構主義中，以李維史陀、皮亞傑的結構主義和傅柯的後結構主義為代表。他們用結構的觀點，來看人文及社會現象，反對將

人文、社會現象簡單化。此結構包括「語言結構」、「社會結構」、「意識型態」或「潛意識型態結構」、「歷時性結構」、「共時性結構」及「沒有結構的結構主義」等類型。

簡言之，看人文或社會現象可以用二元對立結構、三角互動結構及多元互動的結構，來加以理解。以「整體論」的結構視野，切入人文或社會現象，將可得到這類型知識的內在意涵。

在論述結構主義之後，他再強調詮釋主義的重要性。他舉胡塞爾的現象學、海德格的存在哲學與高達美的詮釋學等三個理論家，說明詮釋主義才是解讀人文、社會經典或現象的主要方法。

由於人類社會展現出來的現象，具有不可捉摸的主觀和偏見，社會科學家中的詮釋論者，就要採取「人同此心，心同此理」的研究態度，回到「物自身」，深入人文社會經典與現象的脈絡，才能合理建構社會科學的知識。

換句話說，人文、社會科學的知識，完全異於自然科學知識的建構方法。前者只是針對個案解讀，無法做出放諸四海而皆準的知識；後者則是從諸多個案中化約出通則、法則或理論，想要建立具有全盤式解讀的知識律。

因此，詮釋論者從未期待如同實證主義、後實證主義所建構的典範或典範位移。他們只想逐漸積累知識，而最後做出人文學與社會科學的「多元典範」、「典範並存」或「典範競爭」。

另外，他提了西方哲學史中非常重要的批判主義傳統，他以哈柏瑪斯的知識論為代表，批判實證主義或後實證主義的論點，來建構人文、社會學科的知識。認定自然科學家處理的是「經驗事實」的問題，完全異於人文、社會科學家處理的是「價值判斷」的問題。

如果用自然科學的研究思維來處理人文、社會現象，猶如用錯了方法。

因此，哈柏瑪斯認為，知識的層次有三類：自然科學處理的是技術層次，屬於「經驗分析的自然科學」。人文社會科學處理的是人類實踐層次，屬於「歷史詮釋科學」。至於批判主義，則為反省並解放實證主義、後實證主義對人文、社會學科的宰制，屬於「批判科學」。

最後，他提了「建構實在論」，它是維也納學派的主張。認為科學知識的建構應該超越自然科學、人文學科與社會科學的壁壘。要做「科際整合」─學科間理論、概念的借用；「多元學科合作」─跨學科的專家學者共同研究一個具體的問題；及哲學思維的整合。這種思維，屬於鉅視研究或跨領域研究者的視野，非一般研究生或學者所能採行。

綜觀黃光國的著作，雖然名為《社會科學的理路》，實際上是綜整當代科學史中的「科學哲學」派別。他提供了自然科學與社會科學研究的理路，是一本概論式的方法論的入門書籍。對研究者而言，只需要擷取其中一個或二個派別的方法思維，用在其主題上，就可獲得不錯的成果。

當然，就方法論的運用思維，實證主義或後實證主義頗適合量性研究，後實證主義也可以用在質性的研究設計，挑戰既有的理論；結構主義、詮釋主義非常適合用在人文、社會科學的質性研究上；批判主義則比較適合用在高等研究，用來與前輩學者批判過程中的不斷創造新的知識；建構實在論，則適合用在跨領域多學者的整合型研究。

　　我們從他的作品，思考每個方法論學派的特性，擇一或擇二，用來作研究設計及研究，或許可慢慢走上人文、社會科學研究的光明路途。

5-5-7 澤井義次：反思西方宗教學理論

　　澤井義次（1951-）的《宗教學的省思：澤井義次的觀點》，於 2005 年在灣台問世，書中以哲學視野，用比較法、辯證法、批判法反思西方當代宗教學理論的「侷限性」，期待用東方宗教主體性，建構合適解讀東方宗教的宗教學理論。

　　綜觀澤井的「方法論」思維，可以分為「理論反思」與「個案檢證」兩個部分。前者，他認為西方宗教學理論發展在前，用在全球各宗教的解釋，需要重新思考。在個案檢證部分，他探索了當代日本、台灣、印度等地區的宗教現象與問題，並將之檢證於西方宗教學理論，判定其理論的合理性及限度。

　　這種對西方宗教學理論，用來解讀東方各地區宗教個案研究的再反省，似乎採取了科學哲學中湯瑪斯 • 孔恩（Thomas Kuhn）的「後實證論」（post positivism）及哈伯瑪斯（Jürgen Habermas）「批判論」（criticism）的思維。他企圖在反思的過程中，運用他獨到的見解，重新建構東方世界的宗教學理論。

　　他如數家珍的點評、分析過去西方宗教學術界，繆勒、奧托、依利亞德、胡塞爾、狄爾泰、萊烏、布雷克、海勒爾、瓦登伯格、Raffaele Pettazzoni、史密斯等人，所建構豐富的宗教學、宗教現象學及宗教詮釋學底蘊。

　　然而，他以為不能只用基督教的視野，建構出來的西方宗教學

理論，來看非西方宗教的現象。這些西方宗教理論，須重新運用東方宗教現象、歷史、文化、社會脈絡下的特性及事實，加以修訂或再詮釋（hermeneutics）。

不僅如此，應該用繆勒的比較宗教視野，分析或綜整東、西方文化下，不同宗教現象的「異同」。並且運用宗教哲學的「批判思維」與「語意學」（semantics）概念，對奧托以來的宗教現象學理論再度反思。

我們深知，宗教學在社會科學中的建構，尚屬年輕的學科，繆勒提出「The science of religion」的宗教學科（discipline）概念後，宗教研究在語言學、歷史學、人類學、社會學、心理學及現象學等學科次第開展，豐富了宗教學的理論。

最近幾年，也有部分學者提出了宗教政治學、宗教法學等學科領域研究的呼籲。而在科學哲學視野下的宗教研究部分，除了傳統的歷史法、詮釋法、實證法、後實證法及批判法外，最近學界也提出，跨學科、跨方法的「科學實存論」（scientific realism）作為宗教現象研究的思維。

在學科與方法兩個領域中，澤井相當嫻熟的運用宗教詮釋學、宗教史學及宗教哲學，論證宗教現象學、宗教學等兩個學科的理論，這與他在哈佛世界宗教研究中心的學術訓練有密切關連。

從他著作中，讓我們再次開啟了對西方宗教學理論的視野，澤井的論述紮實的論述西方宗教學術深厚，並修正、補強其不足之處。也讓我們反思了東方宗教現象不能一味全盤接納西方宗教理論，而這也是東方學者展現宗教研究的自主性與能力的理論建構及遠見。

如果以孔恩的觀點，可以將西方宗教學理論視為「舊典範」

（old paradigm），全球非西方的宗教現象，或可累積諸多的非西方的宗教個案，視為「異例」（anomalies），當我們累積異例所建構的「通則」（generalization）、「法則」（law）或「理論」（theory），就可進一步挑戰舊典範而建立「新典範」（new paradigm）。

　　澤井的論述已經為東方宗教學者建構新典範，奠定了一塊重要的礎石。如果未來累積更多的非西方世界的宗教研究理論，就有可能產生「典範位移」（paradigm shift）或「典範競爭」（paradigm competition）的態勢。

　　當我們展讀其書時，不只反思了以西方宗教為主體的宗教學理論之限度；而且，重新思考如何為東方宗教建構新的宗教學理論。甚至，再以比較宗教的觀點，建構東方世界中各個宗教的次級理論。這是澤井的宗教方法論的「主體性」反省思維。

參考書目

入門必讀書籍

Alan C. Isaak，朱堅章等譯，1985，《政治學的範圍與方法》（Scope and Methods of Political Science），台北：幼獅。

石之瑜，2003，《社會科學方法新論》，台北：五南。

約翰・穆勒著，嚴復譯，1913，《穆勒名學》，上海：上海商務印書館。

殷海光，2020，《邏輯新引：一本入門、對話式的邏輯學書》，台北：五南。

魏鏞，1997，《社會科學的性質及發展趨勢》，臺北：商務印書館。

胡佛，1998，《政治學的科學探究（一）：方法與理論》，台北：三民。

Kenneth Hoover, Todd Donovan 著，張家麟譯，《社會科學方法論的思維》，台北：韋伯。

楊國樞、文崇一、吳聰賢、李亦園著，2012，《社會及行為科學研究法（上）、（下）》，台北：東華。

孔恩，2017，《科學革命的結構》，台北：遠流。

潘德榮，1999，《詮釋學導論》，台北：五南。

易君博，2003，《政治理論與研究方法》，台北：三民。

胡適，2019，《胡適全集：胡適文存》，台北：中央研究院近代史研究所。

黃光國，2001，《社會科學的理路》，台北：心理。

每章參考書目

Chapter1

Benjamin F. Crabtree 著，黃惠雯譯，2002，《質性方法與研究》，台北：韋伯。

Earl Babbie 著，劉鶴群等譯，2010，《社會科學研究方法》，台北：雙葉書廊。

Hammond, J. S. ,1976, "*Learning by the Case Method.*" Harvard Business School Publishing Division, Boston, MA.

Jan-Erik Lane, Svante Ersson 著，何景榮譯，2002，《新制度主義政治學》，台北：韋伯。

Ken Browne 著，王振輝、張家麟譯，2000，《社會學入門》，台北：韋伯。

Langdell, C.C., 1871, "*A Selection of Cases on the Law of Contracts: With References and Citations; Prepared for Use as a Text-Book in Harvard Law School. Boston*", Little, Brown and Company.

Rosaline Barbour 著、張可婷譯，2010，《焦點團體研究法》，台北：韋伯。

Sharpe, Eric J., 1987, "*Study of Religion: Methodological Issues*", Encylopaedia of Religion, New York。

Sharpe, Eric J. 著，呂大吉等譯，1990，《比較宗教學 - 一個歷史的考察》（Comparative Religion A History），台北：聯經出版社。

Skocpol,Theda,1986, "*States and Social Revolutions*",University of Cambridge.

Thomas W. Mangione 著，王昭正、朱瑞淵譯，1999，《郵寄問卷調查》，台北：弘智。

Victor Witter Turner, 1969, "*The Ritual Process: Structure and Anti-Structure*", Aldine Transaction.

史蒂夫‧富勒（Steve Fuller）著，翁昌黎譯，2013，《孔恩 vs. 波普：爭奪科學之魂》，新北市：群學。

朱柔若譯，2000，《社會研究方法 - 質化與量化取向》，台北：揚智。

吳汝鈞，2001，《胡塞爾現象學解析》，台北：商務。

呂大吉，1994，《西方宗教學說史》，北京：中國社會科學出版社。

呂亞力，1979，《政治學方法論》，台北：三民。

亞里斯多德，2010，《分析學前編：論證法之分析》，台北：商務。

卓新平編，1990，《西方宗教學研究導引》，北京：中國社會科學出版社。

周何，1987，《禮記》，時報出版。

岡田謙，1938，〈台灣北部村落に於はる祭祀圈〉，《民族學研究》4 卷 1 期，頁 1-22。

彼得‧漢彌爾頓著，1990，蔡明璋譯，《派森思》，台北：桂冠。

拉斯威爾著，鯨鯤、和敏譯，1995，《政治：論權勢人物的成長、時機和方法》，台北：時報文化。

林本炫編譯，1993，《宗教與社會變遷》，台北：巨流圖書。

林美容，1986，〈由祭祀圈來看草屯鎮的地方組織〉，《中央研究院民族學研究所集刊》62 期，頁 53-114。

林嘉誠，1982，《政治系統的工程師 - 伊士頓》，台北：允晨文化。

邱皓政，2003，《量化研究與統計分析：SPSS 中文視窗版資料分析範例解析》，台北：五南。

金澤、陳進國主編，2010，《宗教人類學》第一輯，北京：社會科學文獻出版社。

施振民，1973，〈祭祀圈與社會組織─彰化平原聚落發展模式的探討〉，《中央研究院民族學研究所集刊》36 期，頁 191-205。

胡佛，1998，《政治變遷與民主化》，台北：三民。

韋伯，2005，《新教倫理與資本主義精神》，台北：左岸文化。

韋伯，2013，《社會科學方法論》，台北：商務印書館。

韋伯，2018，《以學術為志業》，台北：暖暖書屋文化。

韋伯著，康樂‧簡惠美譯，1993，《宗教社會學》，台北：遠流。

夏普，1988，《比較宗教學史》，上海市：上海人民出版社。

時亮，2016，《朱子家訓 朱子家禮讀本》，北京：中國人民大學出版社。

泰勒，2005，《原始文化》，廣西：廣西師範大學出版社。

馬林諾夫斯基，1925，《科學、宗教與現實》，The Macmilian Company。

培根著，許寶騤譯，2018，《新工具》，台北：五南。

張家麟，2000.6，〈論科學哲學中的「求知方法」〉，《中山人文社會科學期刊》18 期，頁 279-304。

張家麟，2010，《台灣宗教融合與在地化》，台北：蘭臺網路。

張家麟，2018.12，〈自主與發展—論旱溪媽祖廟的組織建構與變遷〉，《海洋文化學刊》25 期，頁 89-129。

張珣，2002，〈祭祀圈研究的反省與後祭祀圈時代了來臨〉，《台灣大學考古人類學刊》58 期。

許嘉明，1978，〈祭祀圈之於居台漢人社會的獨特性〉，《中華文化復興月刊》11 卷 6 期，頁 59-68。

彭錦鵬，1982，《政治安定的設計家-韓廷頓》，台北：允晨文化。

華力進，1983，《行為主義評介》，台北：經世。

黃俊傑，1997.9，"Characteristics of Chinese Hermeneutics Exhibited in the History of Mencius Exegesis"，《中國文哲研究集刊》11 期，頁 281-301。

黃聖哲，2018，《結構詮釋學：Oevermann 與德國社會學的轉向》，台北：唐山出版社。

詹姆士，1979，《實用主義》，台北：商印印書館。

詹姆士，2017，《宗教經驗種種》，北京市：商務印書館。

漢斯・波塞爾著，李文潮譯，2002，《科學：什麼是科學》，上海市：上海三聯書店。

穆勒著，程崇華譯，1959，《論自由》，北京：商務印書館。

謝邦昌、張家麟等著，2009，《台灣宗教統計學》，台北：蘭臺出版社。

洪鐮德，1976，《社會科學與現代社會》，台北：牧童。

馬克思、恩格斯，1990，《1884 經濟學手稿》，台北：時報。

高承恕，1982，〈社會科學中國化之可能性及其意義〉，《社會及行為科學研究的中國化》，台北：中共研究院民族學研究所。

Chapter2

Danny L. Jorgensen 著，王昭正、朱瑞淵譯，1999，《參與觀察法》，台北：弘智。

David W. Stewart、Michael A. Kamins 著，董旭英、黃儀娟譯，2000，《次級資料研究法》，台北：弘智。

Diana Ridley 著，張可婷譯，2010，《一步步教您做文獻回顧》，台北：韋伯。

Earl Babbie 著，李美華譯，1998，《社會科學研究方法》上、下，台北：時英出版社。

Floyd J. Fowler, Jr 著，王昭正、朱瑞淵譯，1999，《調查研究方法》，台北：弘智。

Harris M. Cooper 著，高美英譯，1999，《研究文獻之回顧與整合》，台北：弘智。

Rovert F. DeVellis 著，吳齊殷譯，1999，《量表的發展：理論與應用》，台北：弘智。

丹尼‧L. 喬金森著，2015，《參與觀察法：關於人類研究的一種方法》，四川：重慶大學出版社。

司馬遷，2019，《白話史記》，布拉格文創社。

兩岸宗教學者合編，2018，《媽祖文化志》，福建：福建省地方誌

編纂委員會。

柏拉圖，2020，《蘇格拉底對話集》，台北：五南。

洪鎌德，2016，《黑格爾哲學新解》，台北：五南。

張家麟，2016，《多元‧詮釋與解釋：多采多姿的台灣民間宗教》，
　　台北：蘭臺。

許麗玲，2003，《巫路之歌：從學術殿堂走入靈性工作的自我剖析》，
　　臺北：自然風文化。

葉至誠、葉立誠著，1999，《研究方法與論文寫作》，台北：商鼎
　　文化。

潘淑滿，2003，《質性研究：理論與應用》，台北：心理。

瞿海源，2002，《宗教與社會》，台北：國立臺灣大學。

瞿海源等主編，2015，《社會及行為科學研究法》，台北：東華。

Chapter3

（美）沃勒斯坦，2013，《現代世界體系》全四卷，北京：社會科
　　學文獻出版社。

David Marsh, Gerry Stoke 著，2009，陳義彥等譯，《政治學方法論與
　　途徑》，台北：韋伯。

Jeffrey Kopstein、Mark Lichbach 著，李佳蓉等譯，2007，《比較政治學：
　　轉變中全球秩序的利益、認同與制度》，台北：巨流圖書公
　　司。

Max Weber，簡惠美譯，1989，《中國的宗教：儒教與道教》，台北，
　　遠流。

Todd Landman 著，周志杰譯，2006，《最新比較政治的議題與途徑》，
　　台北：韋伯。

巴林頓‧摩爾著，結構群譯，《民主和專制的社會起源》，台北：
　　結構群文化事業有限公司。

弗雷澤，1987，《金枝 - 巫術與宗教之研究》（上、下），北京：
　　中國民間文藝出版社。

米爾恰‧伊利亞德（Academic Library），晏可佳等譯，2008，《神
　　聖的存在：比較宗教的範型》，廣西：廣西師範大學出版社。

李明輝編，1998，《儒家思想在現代東亞：總論篇》，臺北：中央
　　研究院中國文哲研究所。

林富士主編，2011，《宗教與醫療》，台北：聯經。

高承恕，1988，《理性化與資本主義 —— 韋伯與韋伯之外》，台北，
　　聯經。

張家麟，2016，《誰在宗教中？ - 宗教社會學的詮釋》，台北：台
　　灣宗教與社會協會。

薩謬爾‧杭亭頓著，黃裕美譯，2020，《文明衝突與世界秩序的重
　　建》，台北：聯經。

釋聖嚴，2015，《比較宗教學》，台北：中華書局。

Chapter4

Robert Alan Dahl, 1971, *"Polyarchy: Participation and Opposition"*, Yale
　　University Press.

王乾任，2016，《作文課沒教的事：培養寫作力的 6 項修練》，台北：
　　釀出版。

何志青，2018，《知識論的轉折》，台北：國立臺灣大學出版中心。

宋楚瑜，1998，《學術論文規範》，台北：正中書局。

孟穎整編，2018，《金剛經講述》，台北：蘇巨書局。

孫善豪，2009，《批判哲學的批判—康德述評》，台北：唐山出版社。

張家麟，2016.8，《宗教 GPS》，台北：台灣宗教與社會協會。

張家麟，2017.12，《台灣宗教 GPS2》，台北：台灣宗教與社會協會。

張家麟，2018，《新莊地藏庵（大眾廟）慶祝建庵 260 週年專年專

輯》，台北：新莊地藏庵管理委員會。

張家麟，2020，《華人宗教 GPS3》，台北：台灣宗教與社會協會。

陳明道，2016，《六祖法寶壇經淺譯》，台北：蘭臺出版社。

陳榮華，2011，《高達美詮釋學：真理與方法導讀》，台北：三民。

智仁堂，1975，《列聖寶經合冊》，台北：智仁堂。

銘傳大學新聞學系，2010，《新聞採訪與寫作》，台北：銘傳大學
　　新聞學系。

蕭登福註譯，1998，《南北斗經今註今譯》，台北：行天宮文教基
　　金會。

Chapter5

孔子的弟子及再傳弟子，2017，《論語新解》，華威國際。

孔德，1973，《實證主義概觀》，台北：商務。

司馬遷，2019，《史記全本新注》，湖北：華中科技大學出版社。

朱浤源，1982，《開放社會的先驅—卡爾巴伯》，台北：允晨文化。

老子，2013，《道德經全書》，北京：華志文化。

吳庚，1993，《韋伯的政治理論及其哲學基礎》，台北：聯經。

呂大吉，2010，《宗教學通論新編》，北京：中國社會科學出版社。

李澤厚，1996，《批判與辨證—馬克思主義政治哲學論文集》，台北：
　　三民。

拉卡托斯編著，周寄中譯，1991，《批判與知識的增長》，台北：
　　桂冠。

保羅・法伊爾阿本德著，周昌忠譯，1996，《反對方法》，台北：
　　時報出版。

涂爾幹，1999，《宗教生活的基本形式》，上海：上海人民出版社。

陳榮華，2011，《高達美詮釋學：真理與方法導讀》，台北：三民。

傅偉勳，《從創造的詮釋學到大乘佛學：「哲學與宗教」》四集，

　　　　台北：東大。

奧托著，丁建波譯，《神聖者的觀念》，北京：中國社會科學出版社。

澤井義次著，高佳芳等譯，《宗教學的省思—澤井義次的觀點》，
　　　　台北：台灣宗教與社會協會。

繆勒，1989，《宗教學導論》，上海：上海人民出版社。

國家圖書館出版品預行編目資料

宗教研究：論文寫作與實務 / 張家麟著.
-- 初版. -- 臺北市：蘭臺出版社，2021.03
面； 公分. --（宗教研究叢書；13）
ISBN 978-986-99507-4-9（平裝）
1. 論文寫作法 2. 宗教學

811.4   109021708

宗教研究叢書13

宗教研究：論文寫作與實務

作　　者：張家麟
主　　編：台灣宗教與社會協會秘書處
美　　編：楊容容
封面設計：塗宇樵
出 版 者：蘭臺出版社
發　　行：蘭臺出版社
地　　址：台北市中正區重慶南路1段121號8樓之14
電　　話：（02）2331-1675或（02）2331-1691
傳　　真：（02）2382-6225
E—MAIL：books5w@gmail.com或books5w@yahoo.com.tw
網路書店：http://5w.com.tw/
　　　　　https://www.pcstore.com.tw/yesbooks/
　　　　　https://shopee.tw/books5w
　　　　　博客來網路書店、博客思網路書店
　　　　　三民書局、金石堂書店
經　　銷：聯合發行股份有限公司
電　　話：（02）2917-8022　　傳　真：（02）2915-7212
劃撥戶名：蘭臺出版社　帳號：18995335
香港代理：香港聯合零售有限公司
電　　話：（852）2150-2100　　傳真：（852）2356-0735
出版日期：2021年3月 初版
定　　價：新臺幣360元整（平裝）
ISBN： 978-986-99507-4-9